Nonstop

Seija Penttilä

Nonstop

Kustantaja: BoD – Books on Demand, Helsinki, Suomi
Valmistaja: Books on Demand GmbH, Norderstedt, Saksa
ISBN· 97895228035534

Sisällys

LUKIJALLE

Muistelen pakinoissani välähdyksen omaisesti lapsuuteni ja nuoruuteni ajankuvaa sekä omia touhujani niin hyvässä kuin pahassa. Matkani olen kulkenut Jyväskylän, Helsingin ja Mäntän kautta Tampereelle. Olot vaurastuivat vuosien saatossa ja tekninen kehitys aloitti voittokulkunsa. Televisiot valloittivat olohuoneet ja puhelimet aloittivat pirinänsä yhä useamman perheen eteisessä.Tiukan kädenväännön jälkeen keskiolut vapautui ruokakauppohin. Kuusikymmentäluvun kukkaislapset valloittivat maailmaa rautalankamusiikin säestyksellä. Osansa tarinoissani saavat niin saunat, lehtimyyjät kuin Pokemonitkin. Nauran itse tekniselle osaamattomuudelleni, ennen kuin muut ehtivät sen tekemään. Viisi neuvokasta lastenlastani ovat antaneet iloa ja virikkeitä elämääni ja he ovat välillä livahtaneet satujeni sankareiksi. Lopuksi aprikoin selviämismahdollisuuksiani viimeisen kvartaalini pyörteissä.

Hymyile kanssani maailmanmenon kummallisuuksille!

Seija Penttilä

NONSTOP

Elämässäni on riittänyt kiitettävästi alkuja ja loppuja muuttojen myötä. Kolmen varhaisimman kotini miljöistä olen autuaan muistamaton. Nykyisestä Kuokkalan kartanosta, silloiselta synnytyslaitokselta, minut on kuskattu kuorma-auton kyydissä aloittamaan hellahuoneiden kierrettäni. Synnyin Kaksosten horoskooppimerkkiin ja vasenkätisenä. Tähtitaivaan sanansaattajan merkin sain pitää, mutta vasenkätisyys kitkettiin lujin ottein pois.

Kolmen avioliittovuotensa jälkeen äitini huomasi, että sekä siviilisäätynsä että asuinpaikkansa olivat väärät. Hän palasi lapsuuskotiinsa mummoni helmoihin Helsinkiin. Tuliaisiksi hän vei minut. Terävänä tyttönä huomasin suomenruotsalaisessa yhteisössä puhuvani väärää kieltä. Vaihdoin vaatimattoman sanavarastoni ruotsinkieliseksi. Sain tungettua omia sanasovelluksiani puheeseeni. Kello oli kilkka ja tunnelista tuli pimmeli. Ainoana taaperoikäisenä sain suvun varauksettoman ihailun osakseni.

Puolentoista vuoden kirjepommituksen jälkeen isäni sai työvoiton. Muutimme takaisin Jyväskylään. Ummikon paluumuutto sujui näyttävästi. Epähuomiossa olin polttaa vuokraisäntämme saunan heti muuttopäivänä. Kielipuolena toivoin, että vanhempani pääsisivät pikkuhiljaa kohdallani yhteisymmärrykseen kielipoliittisista kysymyksistä.

Kansakoulussa murskasin oppiennätyksiä. Niiasin stipendejä ja voitin Raittiuskilpakirjoituksissa kirjan Tulivesi. Voittamani kirjan opit ovat päästäni haihtuneet. Tänä päivänä punaviini maistuu erinomaisen hyvälle.

Traumaattisin koulumuistoni liittyy luokan edessä vastaanottamaani kunnan maksusitoumukseen monojani varten. Oppikoulun toisella luokalla kotini oli aivan Jyväskylän ydinkeskustassa. Koulumatkani lyheni viidestä kilometristä 500 metriin. Koulumatkaan käytetty aika pysyi entisellään. Vuotta myöhemmin televisio muutti meille ja minä television ääreen.

Itsellisen elämän alkaessa olin parissa asunnossa alivuokralaisena. Papin aamenen jälkeen muutimme Helsinkiin. Rakkauteni pääkaupunkia kohtaa kukoisti. Krooninen rahapula pakotti meidät hakeutumaan edullisimmille asuntomarkkinoille. Paikaksi valikoitui Mänttä. Olin vielä pöljempi kuin äitini aikoinaan suostuessani muuttoon.

58-vuotiaana katosin suurkaupunkilaiseksi Tampereelle. Tänä päivänä istun Hämeenpuiston poterossani tehden kaula pitkänä havaintoja ympäristöni tapahtumista ja ilmiöistä. Mielenkiinnolla odottelen omaisteni ehdotuksia jatkosijoituspaikastani. Jos hyvin käy se on palvelutalo Villa Ensi Helsingin Eirassa.

NALLE

Vuosi 2011 oli minulle juhlavuosi. Täytin kuusikymmentä vuotta. Se on nallemaailmassa korkea ikä ja juhlan arvoinen asia. Juhlinnan lisäksi omistajani maalasi minusta muotokuvan. Maalauksessa istun nuoruuden voimissani vanhan, mustan matkalaukun päällä, aurinkolasit otsallani. Kapsekki on Seijan äidinisän aikoinaan tyttärelleen lahjoittama. Itse pappa hävisi näköpiiristämme karatessaan Göteborgiin palaamatta koskaan takaisin.

Sukuni on Yhdysvalloista lähtöisin. Ensimmäinen esi-isäni syntyi vuonna 1902 presidentti Theodore " Teddy" Rooseveltin kieltäydyttyä ampumasta oikeaa karhua. Olen maahanmuuttaja. Vastaanottokotinani toimi Helsingissä sijainnut Wintersin lelukauppa. Sieltä Karin mummo valitsi minut kymmenien sukulaisteni joukosta ensimmäiseksi syntymäpäivälahjaksi lapsenlapselleen. Kuuluisimpia sukulaisiani ovat Nalle Puh, Karhuherra Paddington, Uppo-Nalle ja Björn " Nalle" Wahlroos.

Olin pörheän keltaturkkinen ja ruskeasilmäinen. Kun vatsaani painoi, niin sain äänen aikaiseksi. Lahjansaaja rakastui minuun välittömästi. Tunne oli molemminpuolinen. En ole lelu, olen elämänkumppani. Lapsuutensa aikana Seija otti minut iltaisin kainaloonsa ja nukuimme rintarinnan. Päivisin pääsin nukkejen kanssa vaunuajelulle. Kelpasin sulhasen virkaan hääleikeissä ja matkakumppaniksi pitkille Helsingin matkoille. Annoimme turvaa ja lohtua toinen toisillemme lapsuuden jännittävissä ja vaihtuvissa tilanteissa. Kymmenvuotiaana sananmukaisesti pudotin silmät päästäni. Se oli kamala paikka. Onneksi Seijan äiti ompeli minulle uudet nappisilmät kadonneiden tilalle. Muutakin vaivaa alkoi ilmaantua. Pörheä turkkini oli tipotiessään. Minkäänlaista pihinää ei vatsastani enää kuulunut ja mikä nolointa, niin käsissäni ilmeni kiusallista purujen karkailua. Jouduin kirurgiseen operaatioon, jossa rikkinäiset käteni vaihdettiin uusiin. Uudet kädet ovat valitettavasti harmaat ja karvattomat, mutta ei näissä elinsiirtoasioissa kannata olla turhan valikoiva.

Alle 20-vuotiaana jouduin ullakolle asumaan muiden nukkejen ja lelujen kanssa. Elämänkumppanillani oli muut menot mielessään. Istuin sitkeästi vuodesta toiseen odottaen vanhojen aikojen paluuta. Tiesin nimittäin usean kaltaiseni joutuneen laitoshoitoon. Sukulaisiani istuu vitriineissä. Jokin aika sitten useampi serkuistani vietti aikaansa Helsingin Tennispalatsissa olleessa näyttelyssä Leikin aika.

Sitkeyteni palkittiin sen onnekkaan päivän koittaessa, jolloin Seija nappasi minut jälleen kainaloonsa ja kantoi makuuhuoneen hyllylle istumaan kunniapaikalle. Saan ulkoisella olemuksellani emäntäni ja hänen vieraansa hyvälle tuulelle. Elämässä on hyvä olla tarkoitus.

HURLUMHEI

Koleana helluntaina 27.5.1950 aukaisi Linnanmäki ensimmäisen kerran porttinsa ja minä suuni päästämällä syntyessäni asiaan kuuluvan parkaisun. Liekö sama syntymäpäivämme on ollut syynä, että Linnanmäki on ollut rakkain retkeilykohteeni. Olin etuoikeutettu, koska mummoni koti oli vain muutaman pysäkinvälin päässä huvipuistosta. Kesällä 1956 vietin lomaani mummon luona. Luvassa oli kaivattu retki Linnanmäelle. Mielestäni sinne piti mennä heti kun portit aukaistiin. Raitiovaunun ikkunasta näin Alppilan punaiset graniittikalliot. Niiden laella oli huvipuiston ihmeellinen maailma. Mummo ei ollut perässäni pysyä, kun kuusivuotiaan tarmolla tikkasin portaita ylös. Matkalla mummo varoitteli olevansa jo vanha. Ikää mummolla oli 51 vuotta. Vanha, mikä vanha, uskottava se oli. Onneksi olin jo iso tyttö ja osasin mennä itsekseni. Sydän pompotti riemusta. Ajatus sinkoili eri vaihtoehtojen välillä. Mihin laitteeseen menisin ensimmäiseksi ja mihin useampaan kertaan?

Pääportilla pääsylippuja ostaessamme musiikki tulvi korviimme ja hattaroiden tuoksu täytti ilman. Tunnelmaa nostivat ihmisten riemun- ja kauhunkiljahdukset. Huvipuistoalueella oli jokaisen laitteen vieressä pieni lipunmyyntikoju. Mummon mieliksi aloitin Lastenkarusellista. Istuin hevosen selässä keinuen karusellin pyöriessä vinhasti ympäri. Posetiivin soitto kannusti vauhdikasta menoani. Jatkoimme Naurutaloon. Siellä hihitimme hassuille hahmoillemme, jotka peilit olivat vääristäneet. Kummitusjunan seinän ulkopuolella vilahtava noita laittoi rohkeuteni koetukselle. Astuimme kauhuun ja istahdimme vaunun penkille käsi kädessä. Vaunu liikkui, ovet aukenivat paukahtaen. Pääni yläpuolelle ilmestyi suuri peikko yrittäen napata minut. Luurangot vilkuttivat arkuistaan ja hämähäkin seitti hipaisi poskeani. Välillä oli pakko sulkea silmät. Kiljuin kauhusta muiden mukana kun raitiovaunu syöksyi pimeästä miltei päällemme. Tähän kyytiin minun ei tarvinnut tulla toista kertaa. Uusinnasta pitivät huolen seuraavan yön painajaiset. Hermojamme lepuuttaaksemme ostimme hattarat. Istuimme syömään samalla seuraten ulkoilmalavalla tapahtuvaa esitystä. Trapetsitaiteilija ajoi yksipyöräisellään korkeuksissa olevan vaijerin päällä. Meno jatkui. Vuorossa olivat Maailmanpyörä, Kieputin, Labyrintti ja Ketjukaruselli. Mummo sai minut houkuteltua Peacockiin seuraamaan esitystä Ohjelman esittivät ihan oikeat kääpiöt, jotka olivat pukeutuneet renesanssiajan silkkivaatteisiin. Päässään heillä oli ajanhenkiset, näyttävät peruukit. He olivat niin hienon näköisiä, että ostimme heitä esittävän valokuvan muistoksi.

Autoradalle en halunnut mennä, eikä mummo puolestaan tuntenut vetoa mennä pommittamaan vedenneitoja. Parhaan paikan olin säästänyt viimeiseksi. Vuoristorata oli ehdoton ykkönen. Ihanan kutkuttava tunne valtasi minut vaunujen läh-

14

tiessä liikkeelle hitaasti nousten kohti huippua. Hienoimman hetken koin syöksyessäni jyrkintä mäkeä alas ja juna kurvasi tiukan kaarteen jatkaen kaksoistöyssyyn. Koin 2 minuuttia 15 sekuntia vauhdin hurmaa.

Mummo uupui ja alkoi puhumaan kotiinlähdöstä. Pitkin hampain ja haikein mielin suostuin, koska sain koittaa vielä onneani narunvedossa. Onni oli myötä. Voitin Carmen-suklaarasian.

Seuraavana päivänä makasin tuhkarokossa pimennys-verhojen hämärtämässä huoneessa. Hoitajana maailman mukavin mummo, lohtuna riemukkaat muistot ja eväänä punaisen rasian Carmen-suklaat.

PÄIVÄKOTIPAKOLAINEN

Äiti hehkutti hyvää onneamme, kun minä ja pikkuveljeni olimme saaneet hoitopaikat kunnallisesta seimestä. Taloudellinen tilanteemme oli luiskahtanut niin huonoon jamaan, että äidin oli pakko hakeutua työelämään. Minä en aikonut mennä seimeen, joka oli tarkoitettu vauvoille tai muuten vielä ymmärtämättömille pienille ihmisille. Olin jo 7-vuotias, ja siirtyisin syksyllä kansakoululaitoksen helmoihin unohtuen sinne vuosikausiksi.

Aholaidan päiväkotia kutsuttiin seimeksi. Tiesin paikan ja tunnistin sen valkoiseksi rapatun rakennuksen. Ikkunapieliä kiersivät tiilikoristelut. Kuin veli Pontevan talo sadusta Kolme pientä porsasta. Paitsi, että siellä säilytettiin pieniä lapsia.

Loistava, moni osaamistani kuvaileva monologini kaikui äitini kuuroille korville. Äitini oli mahdottoman itsepäinen ihminen. Seuraavana aamuna hän istutti reilun vuoden ikäisen pikkuveljeni pyörän ohjaustangolla olevaan metalliseen lastenistuimeen ja komensi minut tavaratelineelle. Matkan aikana vinguin ja vaikersin viimeisiä vastalauseitani. Äidin pää ei edes kääntynyt suuntaani.

Seimen ovi aukaistiin uppo-oudon tädin toimesta. Hänen sinistä leninkiään verhosi valkoinen esiliina. Omistajan elkein hän nappasi pikkuveljeni syliinsä, komensi minua seuraamaan heitä kohti ruokasalia velliaamiaiselle. Oikein, koko paikkahan lemusi maitopohjaiselle vellille, jota inhosin. Eteeni annettiin valkoinen emalikuppi, johon tätä eliksiiriä oli tujautettu oikein Porvoon mitalla. Pullikointi ei taida auttaa, päättelin nerokkaasti. Täällähän varmaan syödään käskystä vaikka pieniä kiviä. Tädin silmän välttäessä kippasin puolet vellistäni vieressä istuvan, itseäni paljon pienemmän tytön kuppiin. Tyttö hymyili kiitollisena anteliaisuudelleni ja lusikoi kuppinsa tyhjäksi. Leikkihuoneen hyllyllä oli kauniita nukkeja. Ojensin käteni ottaakseni yhden leikkikaveriksi. Ääni takanani kertoi kuitenkin, ettei tänään ole nukkepäivä. Heittäydyin niin näkymättömäksi kuin nyt vain jättiläinen voi lilliputtien maassa ja peräännyin kohti ulko-ovea. Pako, se oli ainoa mahdollisuuteni. Hiljaa väänsin oven lukkoa, joka ei hievahtanutkaan. Minut oli vangittu.

Suurin nöyryytys heitettiin niskaani, kun lapset komennettiin pihamaalla oleviin telttasänkyihin ottamaan päiväunet. Unilukkarina oleva täti komensi tomerasti: " Yksikään pää ei nouse tyynyltä ennen kuin lupa annetaan." Puristin silmäluomiani kiinni. Jyväsjärveltä kuului höyrylaivan tööttäys. Kumpi siellä menee kohti Lahtea, Suomi- vai Päijänne-laiva? En uskaltanut kuitenkaan nostaa päätäni tarkistaakseni asiaa.

Ilta koitti. Äidit saapuivat noutamaan säilöön jätettyjä jälkeläisiään. Silloin keksin ratkaisun. Jos en pääse ulos, niin lukkiudun sisälle. Pujahdin henkilökunnan WC:hen, lukitsin oven, sammutin valot ja istuuduin vessanpytyn kannen päälle hautomaan murhaavia kostoajatuksiani. Kuvittelin äitini järkytystä ja surua kun hänelle kerrotaan mukavan tyttärensä katoamisesta. Kuinka äiti itkeekään katkerasti kadonnutta lastaan katuen kolkkoa päätöstään pakottaa minut tänne. Aikani kuviteltuani itseänikin alkoi itkettämään.

Minua etsittiin. Hoitajat kyselivät toisiltaan, onko kukaan nähnyt sitä uutta tyttöä, Seijaa. Kuulin äitinikin hätääntyneen äänen. Siinä nyt äitikin näki, että pystyin varsin itsellisiin ratkaisuihin. Yöllä aioin mennä ikkunasta ulos ja kävellä rautatietä pitkin mummon luokse Helsinkiin. Viimein hoitajalla oli asiaa WC:een. Olinpaikkani paljastui, peli oli pelattu.

Paluumatka kotiin sujui myrskyisissä merkeissä. Nyt se oli äiti, joka vinkui koko matkan. Seuraavana aamuna söin kylmää mannapuuroa ja raparperikiisseliä keittiömme pöydän ääressä.

Itsenäisyystaisteluni päätyi voittoon. Lähtiessään töihin äiti varoitti vielä mielisairaasta vuokraemännästämme Arwidasta, jolla oli tapana heitellä vuokralaisiaan haloilla kuvitellessaan näiden olevan pikkupiruja. Ehkä ei Arwida vallan väärässä ollut.

VASTAHANKAINEN

Minä en syntynyt saunassa. Näin päivänvalon Jyväskyläisessä Kuokkalan synnytyssairaalassa. Paikka on nykyisin mesenaatti Kauko Sorjosen restauroima taidemuseo. Syntymäpaikalla on suuri merkitys. Minusta tuli kuvataiteiden harrastaja, eikä saunoja.

Niissä lukuisissa hellahuoneissa, joissa perheemme lapsuudessani asui, ei alla mainittua esimerkkiä lukuun ottamatta ollut saunaa. Kävimme yleisissä saunoissa. Asia ei nostata minussa ihanan nostalgisia tunnekuohuja. Saunaan oli vähintään parin kilometrin kävelymatka. Talvella paluumatka sujui sutjakkaasti märkien hiusten jäätyessä pipon alle ja vampun rahistessa kainalossa. Helsingin saunareissut olivat himpun verran laadukkaampia. Mummolla oli tapana ostaa saunan jälkeen pullo Pommacia.

Varhaisimpiin saunamuistoihini kuuluu kesäkuinen päivä vuonna 1955. Olin muuttanut äitini kanssa Helsingistä takaisin Jyväskylään. Tärkeä tehtäväni muutto-operaatiossa oli viedä pakkauspaperit ja narut pihasaunan tulipesään. Sain tungettua osan naruista kiukaan luukusta sisään. Osa vyyhdistä jäi kiemurtelemaan lattialle. Tuli tietysti levisi lattialla oleviin naruihin ja kohta liekit tanssivat iloisesti tavoitellen saunan lauteita. Ryntäsin pihamaalle kiljuen bastun bränner, bastun bränner! Suomenkielinen isäni katsoa toljotti minua ymmärtämättä, että ilmassa oli kaikki suuren katastrofin ainekset ja Niilo Kiurusen veikkausvoittovaroin rakentama sauna häviäisi kohta

19

savuna ilmaan. Revin ymmärtämättömän isäni housunpuntista niin kauan, että sain hänet sammutuspuuhiin. Kokemuksen myötä sain viisivuotiaana kielipuolena pyromaanin leiman otsaani.

LIMONADI

Vesi herahtaa kielelleni muistelessani ensi tapaamistani limonadin kanssa. Ikimuistoinen kohtaaminen tapahtui Helsingin mummolassa. Siellä juoman nimi lausuttiin lemonaden. Kävin mummon kanssa yleisessä saunassa. Kylpemisen kruunasi pullollinen Pommacia. Kellertävän sävyinen, miedon päärynäinen, kepeästi pirskahteleva jalo nautinto.

The Coca-Cola Company lahjoitti Sotainvalidien veljesliitolle ja Helsingin Olympiakisojen järjestäjille 720 000 pullollista Coca-Colaa. En saanut niistä ainuttakaan. Miksi en? Kotona Jyväskylässä limunaatia ei tarjoiltu. Tiesin Jaffan erinomaisista parantavista voimista. Mahatautipotilaille tarjottiin limunaatia lääkkeeksi. Kehnoista hygieenisistä olo olosuhteista huolimatta emme onnistuneet sairastumaan vatsatauteihin. Olisi voinut kuvitella, että kantovedet, yhteisvessat ja avotunkiot olisivat poikineet vähintään koleratartunnan ja paikan kulkutautisairaalassa. Ei meidän tuurilla. Kaivoveden ja viinimarjamehun voimalla piti ponnistaa kohti aikuusuutta.

MUSTA SAARA

Viikon ainoa vapaapäivä, sunnuntai, valkeni verkkaisesti. Äiti oli keittänyt kahvia. Minäkin sain sitä juodakseni. Kello läheni kymmentä. Lähdin pikkuveljeni kanssa pyhäkouluun joulukuisessa, sinertävässä hämärässä.

Koko Halssilanrinne tyhjeni lapsista kun kokoonnuimme punatiilisen rakennuksen seurakuntasaliin. Jopa kommunistien lapset tulivat. Viikolla he kävivät Kivistön työväentalolla ja osallistuivat pioneeritoimintaan. Siihen minä en osallistunut, koska venäläiset hävittivät mummoni lapsuudenkodin Porkkalan vuokra-aikana.

Pyhäkoulun opettaja Eila tuli kertomaan meille raamatun kertomuksia. Eila oli Valmetin työläinen, joka kävi vapaaehtoisesti pitämässä meille näitä sunnuntaisia hartaushetkiä. Opettaja Eilan johdolla lauloimme ensin lastenvirren. Sitten rukoilimme. Vaikka sali oli ääriään myöten täynnä eri-ikäisiä lapsia, vallitsi hiirenhiljaisuus. Eila aloitti kertomuksensa kolmesta Itämaan tietäjästä ja Betlehemin tähdestä. Esitystään hän elävöitti esiaudiovisuaalisesti laittamalla tarrakuvia tummansiniselle flanellilla päällystetylle taululle kertomuksen edistyessä. Tauluun ilmestyivät tietäjät kameleineen ja maisemaan meille eksoottiset palmupuut. Kaiken yllä loisti Betlehemin tähti kirkkaana valaisten tietäjien taivalta.

Kertomuksen jälkeen Eila muistutti keväällä tehtävästä retkestä Seinäjoelle. Siellä pidettiin valtakunnalliset lähetysjuhlat. Luvassa oli tutustuminen upouuteen kirkkoon, Lakeuden Ristiin. Osallistuimme lähetystyöhön tekemällä villalangan pätkistä Ötököitä. Ne olivat pieniä, karvaisia maskotteja. Ötökät vietiin Jyväskylään myytäviksi. Kenelläkään Halssilanmäellä ei ollut niin paljon ylimääräistä rahaa, eikä niin vähän järkeä, että olisi tuhlannut rahansa mukuloiden tekemiin luomuksiin. Halssilassa asui vain köyhiä ihmisiä hellahuoneissaan. Valmistimme kuitenkin innolla myyntituotteita. Meille oli kerrottu, että rahat menevät Ambomaalle neekerilasten auttamiseksi. Laulun " Ei taivahassa kuolonvaaraa, ei kyyneleitä, ei yötäkään. Näin lauloi kerran musta Saara, pien neekerlapsi hyvillään." Ymmärsin kyllä, että sairaalla mustalla Saaralla oli paljon vaikeampi elämäntilanne kuin minulla ja autoin mielelläni.

Tunnin lopuksi kaivoin valkoisen korttini esille. Kortissa oli moni sakaraisen kruunun kuva. Joka kerralla kun oli läsnä sai leiman kruunun pallukkaan. Keväällä ahkerimmat kävijät palkittiin raamattuaiheisella kiiltokuvalla. Toivoin tänäkin vuonna saavani palkinnon.

TAIKAYÖ

Radiosta kuului ohjelma "Lauantai-illan toivotut levyt". Metrotytöt lauloivat Taikayö, unelma öinen. Koskaan ei, unhoon se jää ei...Päivä kallistui lämpimäksi kesäillaksi istuessani tikapuilla musiikkia kuunnellen. Taksi pysähtyi talomme eteen. Harvoin tällä mäellä oikein pirssiauton näki. Alakerran isäntä Tauno Tikka oli kotiutumassa. Hän kaiveli tyhjää lompakkoaan.Turhaan kaiveli. Sekatyömiehen tili oli juotu taas kerran. Hän irrotti kellon ranteestaan ja ojensi sen taksinkuljettajalle pantiksi. Kuvio oli tuttu. Tuo kello oli mitannut paljon aikaa taksikopilla. Kyllä Tauno käy sen taas lunastamassa. Silloin tällöin oli jopa aikoja että sillä miehellä oli kello ranteessaan.

Käteisvarojen loppuminenko oli saanut Taunon huonolle tuulelle? Kotiinsa päästyään hän ensi töikseen passitti kolme lastaan pihamaalle. Meni tovi ja myös rouva Saimi Tikka sai kyytiä. Kului vielä hetki ja ovi aukeni kolmannen kerran. Nyt lensi ulos kissakin.

Perhe oli tottunut näihin äkkinäisiin häätöihin. Isäni ja toisen alakerran huoneiston perheenpää Pauli Pietiläinen istuivat rappujen vieressä nurmikolla. Kaksikolla oli tärkeä ja tarkka toimi meneillään. Pitkäsiimalaatikon siimat olivat yhtä pahasti solmussa kuin Tikan perheen ihmissuhteet. Miehet jatkoivat aherrustaan. Olisi ollut sopimatonta puuttua naapurin aviokriisiin. Rouva Tikka oli varmuuden vuoksi istuutunut miesten selkien taakse. Lapset hakivat turvaa äitinsä vierestä. Tuomaspojan posket olivat karahtaneet punaisiksi häpeästä. Seurasin muun lapsijoukon kanssa tilanteen kehittymistä. Kotoaan karusti häädetty katti murjotti omenapuun oksalla. Se olisi lähtenyt saman tien etsimään sijaiskotia, ellei siimalaatikon taivaallinen tuoksu olisi naulinnut sitä niille sijoilleen. Saimi Tikka odotti miehensä sammumista. Sen jälkeen perhe voisi hiipiä takaisin kotiinsa.

Tällä kerralla Tauno oli todella vihainen elämälle, työnantajalleen, perheelleen ja oikeastaan ihan kaikelle. Koska perhe oli karkotettu ulos, niin raivon kohteeksi joutui kodin irtaimisto. Avoimesta ikkunasta lensi astioita, kenkiä ja kaikki ne esineet, jotka pahaksi onnekseen sattuivat Taunon käteen. Siinä vaiheessa kun putkiradio rikkoutui pihamaalle, rouva Tikka nousi ja riensi alistuneena kohti Lintusaaren vanhan pariskunnan taloa. He omistivat puhelimen. Kohta Mustamaija kaarsi pihamaalle. Villiintynyt, kiroileva juhlija saatettiin kahden konstaapelin voimin poliisiautoon. Tauno pääsi viettämään taikayötänsä putkan pahnoille.

Taikayö. Unelma öinen.
Hetki tuo. Ei palaa, ei.

OOLANNIN SOTA

– Mahaani sattuu. En pysty menemään kouluun, sanoin äidilleni.

– Höpö, höpö, lähdet kouluun heti ettet myöhästy, kuului äidin tyly vastaus.

– Ai, meidän vatsahermot ovat edelleenkin yhteydessä toisiinsa, minä huusin ja paiskasin ulko-oven kiinni. SLAM! Äiti oli pöljä. Olisi edes älynnyt kysyä, miksi vatsani oli kipeä. Tuona päivänä pidettävät laulunkokeet siellä mahassa mylläsivät.

Maleksin kohti koulua. Elohuvin kohdalla pysähdyin ihastelemaan mainoskuvia elokuvasta The young ones. Pääosissa Cliff Richard ja The Shadows. Olin nähnyt filmin jo kaksi kertaa. Ehdottomasti parasta musiikkia, mitä olin koskaan kuullut. Cliff Richard oli ihanan söpö. Oikealta nimeltään hän on Harry Webb. Kirjoitin hänelle ja pyysin valokuvaa. Viime viikolla posti toi kuvan. Aioin mennä naimisiin tämän komistuksen kanssa. Halusin nähdä elokuvan kolmannen kerran. Olin tuhlannut viikkorahani, eikä äiti suostunut antamaan ennakkoa moiseen tarkoitukseen. Näinkin voidaan orastava ihmissuhde tuhota. Olisi luullut, että tyttären onni, tulevaisuus ja avioliitto olisivat olleet muutaman lantin arvoisia. Jatkoin matkaani hyräillen Me nuoret -laulun sävelmää.

Musiikinopettajani Sirkka Sigrid Henrika Levon astui luokkahuoneeseen ja ilmoitti, että tänään meillä sitten onkin laulunkokeet. Tiedettiin. Kollektiivinen kurjuus leijui luokkamme yllä. Neljästäkymmenestä, 13-vuotiaasta tyttöoppilaasta 37 oli paikalla. Kolme nopeinta olivat ilmoittaneet olevansa hammaslääkärissä. Se oli sallittu syy poissaoloon. Tosin poissaolovihkoon tuli merkintä. Vanhempani olivat ihmetelleet runsasta karieksen määrää purukalustossani. Selvisin siitä yleensä epäselvällä ynähdyksellä ja syyttävällä katseella, joka ilmaisi, että kenenkähän geeniperimää pehmeä hammasluuni mahtoi olla?

Opettaja asettautui harmonin taakse. Kaikki joutuivat laulamaan Oolannin sodan. Olisi pitänyt arvata. Musiikintunneilla lauloimme juuri tämän kaltaisia lauluja kuten Tuule tuuli leppeämmin, missä köyhä raataa tai Kauan on kärsitty vilua ja nälkää Balkanin vuorilla taistellessa. Mitähän tekemistä meillä oli Kaartin pataljoonan jo 80 vuotta aiemmin päättyneen Turkin sodan kanssa? Opettaja oli tyhmä ja laulukirjan koonneelta Ahti Sonniselta olisi pitänyt ottaa Pro Finlandia -mitali pois.

Etenimme tavan mukaan aakkosjärjestyksessä. Paras luokkakakaverini Outi Aaltonen aloitti reippaasti ja vetäisi kahdeksikon edestä. Sirkka Sigrid Henrika pumppasi harmonin polki-

27

mia tarmolla. Pidin peukkuja, että tukisukilla verhottuihin jalkoihinsa tulisi hiusmurtumia tai edes suonenvetoa. Eira Entola yritti heikoin tuloksin selvittää laulun sunfarallallaa-osaa. Outi, joka istui takanani, kuiskasi minulle:

– Hyvin vaari veisaa, vaan väärää virttä.

Samalla hetkellä kun Eira pihautti viimeiset hura huraat ilmoille räjähdin nauramaan. Vajosin kaksinkerroin pulpetin päälle. Hartiani hytkyivät naurusta ja vesi valui silmistäni. Puna Eiran poskilla syveni. Opettaja loi tuiman katseensa silmälasiensa yli ja ilmoitti, että voin poistua käytävälle. Sopi erinomaisesti. Liukkaasti livahdin kohti ovea ennen kuin hän huomaisi vuoroni olevan aivan käsillä.

Käytävässä huokaisin helpotuksesta. Liukenin kohti koulua vastapäätä olevaa pullapuotia. Verotin hätätapauksiin tarkoitettua vararahastoa, jotta sain himoitsemani neliöviinerin. Kannatti juhlia ihmepelastumista ja - paranemista.

HAUKI ON KALA

Leninkini päällä oli valkoinen esiliina, jonka olkaimet tekivät x-kirjaimen muotoisen kuvion selkäpuolella. Oli kotitaloustunti. Opettaja jakoi työvuoroja. Pääkokki, apukeittäjät, pöydän-kattajat, tarjoilijat ja tiskaajat. Kauhulla odotin tehtävääni. Jo teini-ikäisenä olin tehnyt periaatteellisen päätöksen. Jos menisin joskus naimisiin, niin liitossani en riitele rahasta enkä per-kaa kaloja. Ajattelin olevani sen verran fiksumpi kuin äitini, joka istui rantapusikoissa kesästä seuraavaan peraten isäni kalansaaliita rahahuolten murtamana.

Haukivainaa tuijotti ivallisesti työpöydällä. Taisi oikein odottaa pääsyä sinkauttamaan suomunsa ja sisälmyksensä lumivalkealle esiliinalleni.

Hengähdin helpotuksesta opettajan ilmoittaessa päivän virkani. Olin pöydänkattaja. Esiliina säästyi. Periaate piti. Rahasta en ole riidellyt ja kalat olen ostanut fileinä.

CORONA-BAARI

Tipi-tii,tipi, tipi-tii, kevät on vallaton
Tipi-tii,tipi,tipi-tii lintunen kertoi sen
Tipi-tii,tipi, tipi-tii, etsimään riennetään
Tipi-tii, tipi, tipi-tii, armahin kummankin.

Marion Rungin kaksi vuotta sitten Eurovision laulukilpailuihin osallistunut kappale kaikui jukeboxista. Jälkimmäisen vuoksi olin tänne asti kävellyt. Kaivoin kukkarostani siististi taitetun markan setelin, sen ainoan. Tilasin pienen kahvin. Istuuduin putkijalkaiselle tuolille silmäilemään muita asiakkaita. Nahkatakkinen mies pajatson luona oli takuulla valinnut äsken kuullun Tipi-tiin. Seuraavaksi hän varmaankin survoo kolikkonsa koneeseen kuullakseen Reijo Taipaleen Satumaan. Mielestäni kanssaeläjillä oli tavattoman huono musiikkimaku. Kolme Palma-limonadin voimalla veikkauskuponkiaan täyttävää nuorta miestä eivät ehkä sijoita rahojaan kuin uhkapeliinsä. Kaksi vanhempaa rouvaa eivät nähneet muuta kuin edessään olevat ananasrenkailla koristellut lämpimät voileivät. Päätin nostaa paikan tasoa näyttämällä mitä maailma kuuntelee armon vuonna 1964.

Pudotin 20 penniä koneen raha-aukkoon. Painoin numeron C 22. Valintani oli aina sama, Renegadesin Cadillac.

Sanojen Well, my baby drove up in a brand new Cadillac myötä vaivuin ekstaasiin. She ain`t never, ever coming back sai minut kuvittelemaan itseni loittonemassa keinuvan Cadillacin kyydissä tukka hulmuten kohti Onnelaa elämäni prinssin kaasujalan vauhdittaessa yhteisen taipaleemme alkua.

KESKIKALJAA

Suomessa velloi kiivas keskustelu vuonna 1968 keskioluen vapauttamiseksi ruokakauppojen myyntivalikoimiin. Aihe kosketti minua syvästi. Olin tuohon aikaan pari vuotta liian nuori päästäkseni anniskeluravintoloihin.

Koulun Raittiuskerhon valistus pyyhkiytyi pääkopastani, kun ystäväni houkuttelivat minut mukaansa Ruthin olutravintolaan. Asia arvelutti, koska iän lisäksi minulta puuttui kokemus alkoholijuomista.

Sisään meno sujui mallikkaasti ovimiehen toivottaessa seurueemme tervetulleeksi. Seurasin kokeneempia konkareita ja tilasin baaritiskiltä pullollisen porilaisen panimon Karhun kolmosolutta. Ravintola oli tupaten täynnä nuorehkoa asiakaskuntaa. Se ei olut mikään ihme, sillä paikka sijaitsi Jyväskylän yliopiston lähinaapurina. Iloista puheensorinaa ja naurua säesti nauhalta kuuluva Päivi Paunun laulama hittikappale Oi niitä aikoja.

Tunnelma nousi samassa suhteessa juotujen olutpullojen myötä. Kunnes ulko-ovi aukesi ja sisään astui keski-ikäinen mies. Kulovalkean lailla kiiri huhu, että paikalle oli saapunut alkoholitarkastaja. Henkilökunnan edustaja komensi koko asiakaskunnan pihalle. Takaisin sisälle pääsi jonottamalla ja esittämällä henkilöllisyystodistuksen. Olin paperiton viisikymmentä vuotta etuajassa, ennen kuin termi vakiintui puhekieleen ihan muussa asiayhteydessä. Siihen jonoon minulla ei ollut mitään asiaa.

Sinnikkäänä, nuorena naisena en kuitenkaan lannistunut kokemastani takaiskusta. Kotona syvennyin henkilöllisyystodistukseni muutostöihin. Raapekumilla pyyhin syntymävuoteni kaksi viimeistä numeroa pois. Seuraavaksi työnsin pahvisen kortin työmaani kirjoituskoneeseen. Napakasti kirjoittaa pamautin itselleni uuden syntymävuoden. Tämän asiakirjaväärennöksen turvin livahdin useamman kerran oluthanojen äärelle.

Suomen eduskunta teki lopun huijaamisestani. Kesällä äänestettiin keskioluen vapauttamisesta ja sallittiin sen myynti ruokakaupoissa. Siinä rytäkässä mietojen alkoholijuomien ostoikäraja putosi 21:stä vuodesta 18 vuoteen.

Ilotulitusrakettien paukkeessa maamme siirtyi kosteampaan aikaan vuoden 1969 alkaessa. Tuhat rekkaa lähti kuljettamaan kymmentämiljoonaa olutpulloa janoisille kansalaisille. Lisäksi Tanskasta tuotiin laiva lastein Carlsbergiä ja Tuborgia. Maahamme jäi 70 kuntaa, jotka eivät sallineet oluen myyntiä ruokakaupoissa. Minua asia ei haitannut puolen puupennin vertaa. Miksi ihmeessä olisin halunnut mennä tapaamaan noin jääräpäisiä ihmisiä ja istumaan kuivin suin jossain Ranualla tai Liedossa?

Olutkuohuihin en hukkunut. Muoti-ilmiöt vaihtuivat vinhaa tahtia juomien saralla. Nurkan takana odottelivat jo "Ekin pikakiväääri", Omppujytke ja Siniset enkelit maistelijaa.

NUORI ROUVA

Minä vaan tiskaan astioita .
ja luudalla lakaisen lattioita....

Hiski Salomaa kuvaili kupletissaan osuvasti avioliittoni alkuaikojen toimintamallia. Kodissamme ei ollut jääkaapin ja sähköhellan lisäksi ainuttakaan kodinkonetta. Tiskasin käsin, lakaisin harjalla lattiat ja pesin ne kontaten. Työnjakoa kotitöiden suhteen ei tunnettu. Asia ei kolmessakymmenessä vuodessa muuttunut piirunkaan vertaa. Jotkut saavutetut edut ovat ikuisia.

Lattianpesijän vasemman käden nimettömässä kiilsi kaksi sormusta. Vihkisormuksessa oli kolme pientä timanttia kuvaamassa uskoa, toivoa ja rakkautta. Vuotta aikaisemmin ostettuun kihlasormukseen liittyi erikoinen piirre. Siitä jouduimme maksamaan 15 %:n ylellisyysveron.

Lauantaina 22.7.1972 kirkkoherra Veikko Hovikoski vihki meidät Jyväskylän kaupunginkirkossa. Läsnä olivat lähiomaiset ja parhaat kaverit. Häät olivat pienimuotoiset, koska kummankaan vanhemmat eivät älynneet avata suutaan ja kukkaroaan maksaakseen niistä koituvan laskun. Sen verran tohkeissamme olimme avioitumisesta, ettemme tyytyneet vain piipahtamaan maistraatissa ajan tavan mukaan. Neiti Jokisesta tuli rouva Penttilä. Siviilisäädyn muutosta juhlittiin illalla ravintola Ukkometsossa.

Edellisen vuoden olin asunut alivuokralaisena miltei ikäiseni tytön kanssa. Hän meni samana kesänä naimisiin ja muutti Tampereelle. Me vuokrasimme koko kaksion. Ensimmäisen yhteisen kotimme "design" loisti värikylläisyyttään ajan hengen mukaan. Ikkunassa komeilivat oranssikuvioiset verhot ja levitettävää laverisängyn verhosi vihreä päiväpeitto. Teak-puinen kirjahylly lankakiinnitteisin hyllyin olisi tänä päivänä huippumuodikas. Harmi, että hätäinen on sen hävittänyt. Ehdoton ylpeytemme oli levysoitin ja kaupanpäällisiksi saatu LP-levy. Middle of the roudin kappale Solei, solei raikui asunnossamme päivittäin.

Olimme hakeneet pankista kodinperustamislainan. Sen hummasimme häämatkalla Italian Riccionessa. Joku tolkku ja järjestys asioilla piti olla.

Pinnistelin sinuiksi rouva-roolini kanssa. Tilasin reseptikortteja muovilaatikossa. Kerran kuukaudessa uusi satsi tipahti postiluukusta ja ruokalista sai kaivattua vaihtelua. Välillä kokkausharjoituksiin tuli pakollinen tauko. Rahapula esti raaka-aineiden hankinnan.

Toinen keräilykohteeni oli Suuren suomalaisen kirjakerhon kirjat. Kotimme muuttui kohisten kulttuurikodiksi kirjahyllyn täyttyessä tilaamillani eepoksilla.

Syksyllä kylmähkö totuus rahattomuudestamme oli tosiasia. Jouduimme vuokraamaan toisen huoneen kitaransoittoa opiskelevalle pojalle. Kaveri kärsi voimakkaasta aknesta ja me klassisen musiikin kitaransoiton harjoituksista. Kostoksi nimesimme vuokralaisemme Täplä-Toikkaseksi. Seuraavana vuonna muutimme Helsinkiin. Olimme molemmat ansiotyössä. Asuminen Eirassa oli miellyttävää, mutta arvokasta. Aika ajoin siviilisäädystäni kertovat sormukseni kiiltelivät panttilainaamon hyllyllä.

HEI HALOO

Tänä vuonna Afrikassa marakatit kerran
telefoonilaitoksesta kuulivat sen verran,
että jospa jostain vainen pitkän langanpätkän saa
niin tuo lanka äänen kauas, kauas kuljettaa.

Lapsuudenkodissani ei puhelin pirissyt. Sellaista ylellisyyttä meillä ei ollut. Teini-ikäisenä tein tuttavuutta puhelimiin ja puhelinkioskeihin. Soitin joskus tyttökaverilleni. Muutama minuutti puheaikaa irtosi 20 pennillä. Työelämään siirryttyäni tavoitettavuuteni parani huomattavasti. 1970-luvulla olin neljä vuotta autoliikkeen toimistoapulaisena. Tehtäviini kuului laskutus, palkanlasku ja puhelinvaihteen hoito. Viimeksi mainittu työ oli vähintäänkin haasteellista. Autokaupan puolella oli kymmenkunta liukasliikkeistä Datsun-myyjää ja korjaamolla saman verran asentajia. Myyntipuolen pojat livahtivat päivittäin omille teilleen. Heidän Camel Bootsinsa suuntasivat suosittuun anniskeluravintola Kissanviiksiin. Kiljuin ääneni käheäksi mikrofoniin ja piha raikui kaiuttimien kautta kutsuhuutojani. Käytin ehkä liiankin voimakkaita ilmaisumuotoja huhuillessani hävinneiden herrojen perään. Työnantajani lähetti minut puhelunvälittäjäkurssille. Eikä vaan yhdelle kurssille vaan kahdelle. Puhelinlaitosten liiton syventävällä jaksolta mieleeni jäi opetus, että lausuessani yrityksen nimen puhelimeen, pitää hymyillä. Näin nostettiin

firman imagoa. Vastaan edelleenkin hymyillen. Paitsi en lehti-
myyjille.

Kesällä 1969 aloin seurustelemaan mieheni kanssa. Poika-
parka asui Kälviällä, mutta opiskeli Jyväskylässä. Loma-ajat hän
vietti maalla kotonaan. Noihin aikoihin lennätinkonttori tuli
tutuksi. Kälviä oli Pohjanmaan takapajula ja käsivälitteisen
puhelinliikenteen armoilla. Useamman kerran kävin tilaamassa
puhelun numeroon Kälviä 42. Tilauksen jälkeen piti odottaa
puupenkillä yhteyden saamista. Virkailija huusi kun puhelu
saapui ja kertoi samalla kopin numeron, jonne hän yhdisti pu-
helun.

Meille ostettiin puhelin vuonna 1974. Sananmukaisesti
juuri noin, koska mummoni kustansi sen meille. Asuimme nuo-
rena parina Helsingin Eirassa. Musta, bakeliittinen puhelinko-
ne ilmestyi lipaston päälle kertomaan elintasomme noususta.

Mäntän Säästöpankissa työskennellessäni konttorissamme
oli puhelinkeskus. Keskusneiti hoiti kaiken saapuvan puhelinlii-
kenteen sikäli kun omilta puheluiltaan ehti. Neidillämme oli
orastava, kiihkeä suhde sulhaseensa. Luvattoman usein pankin
numero tööttäsi varattua. Kehitys edistyi vauhdikkaasti. 1980-
luvulla autoomme ilmestyi puhelin. Sen akku oli julmetun suu-
ri ja painava. Kuuloke korvalla oli paljon rattoisampaa taittaa
taivalta. Tuohon maailman aikaan kukaan ei ollut vielä keksi-
nyt kieltää moista hupia.

Aikanaan pienet puhelinyhtiöt sulautettiin suurempiin. Se oli kiihkeää kilpajuoksua siitä, mikä taho sai haalittua eniten osakekirjoja arvopaperinsa myyvä asiakas koki tähtihetkensä vaihtaessaan osakkeensa vaikkapa sohvaan.

Nokia nousi kukoistukseensa matkapuhelimillaan ja veti koko Suomen mukaan menestystarinaansa. Se oli kuolinisku lankapuhelimille.

Insinööripoikani ovat tuupanneet minulle älypuhelimen. Kapine valokuvaa, videoi, muistuttaa, herättää, navigoi ja kaiken tämän lisäksi

- kertoo omaisilleni, että olen hengissä / kuollut
- sen hetkisen sijaintipaikkani
- sekä henkisen että fyysisen vireystasoni

Voin kuvitella 20 vuoden kuluttua hämmästyneet ilmeet lastenlasteni kasvoilla heidän kuullessaan laulun: Puhelinlangat laulaa. Luultavasti he pohtivat ankarasti, että mitkä ihmeen langat laulavat?

NOITAVAINO

Palmusunnuntai lähestyy. Pienet trullit ja noidat valmistautuvat jokavuotiselle saalistusmatkalleen yllätysmunien toivossa. Virpomisvitsoja valmistetaan jopa vanhustyövoimaa hyödyntäen. Kuopukseni lähti terveyden edistämismatkalleen 1990-luvun alussa kaverinsa kanssa. Pojat häipyivät pihapiiristämme noidan asuissaan, kupariset kahvipannut ja vitsakimput käsissään sekä ahneuden kiilto silmissään. Oli aika julistaa tuoreuden ja terveyden ilosanomaa naapurustolle.

Kierros sujui mallikkaasti kymmenvuotiailta. Vitsat hupenivat ja pannujen munavuori paisui. Noidat saapuivat Osmo Kallion, nollakallioksi, kutsutun autoilijan oven taakse. Lempinimi juontui kuorma-autoilijan autonkopin ovessa olleesta tekstistä, O. Kallio. Joku vääräleuka keksi lukea o-kirjaimen nollaksi. Nollakallio otti virpomiset vastaan ja lahjoitti asianmukaiset palkkiot. Sitten hän kysyi kuopukseltani:

– Kenenkäs tyttöjä sinä olet?

Tuohon lauseeseen katkesi trullin ura sillä samaisella sekunnilla.

Saman vuosikymmenen lopulla Suomessa kärvisteltiin munavuori ongelman kanssa. Maassamme oli parhaimmillaan miljoonan kananmunan ylijäämä. Tuottajat, viejät sekä Kananmunapakkaamo miettivät päät punaisina ongelmaan ratkaisua. Syntyi mainoslause: Syö muna päivässä. Kansalaiset tarttuivat tarjottuun vinkkiin. Sen sijaan kanat eivät olleet moinaankaan moisesta vihjeestä. Muninta jatkui entistä kiivaammalla tahdilla, jonka tuloksena kanakanta paisui entisestään. Maassamme oli 400 000 munijaa liikaa. Tasapainon saavuttamiseksi joku keksi vääntää mainoslauseen muotoon: Syö kana päivässä.

Virpomisen perinne jatkuu lastenlasten toimesta. Heistä kaksi vanhinta, Ensimmäinen ihme ja Prinsessakeiju, kunnostautuivat muutama vuosi sitten virpomalla yhdessä hujauksessa kaikki valmistamamme vitsat. Yhdessä he sitten surivat, kun työntekovälineitä ei enää ollut, vaikka kauppa olisi käynyt kuumana. He huomasivat keittiön pöydällä olevan maljakon, joka oli täynnä heillä käyneiden trullien tuomia pajunoksia. Yksissä tuumin kaksikko tyhjensi maljakon ja livahti liukkaasti jatkamaan kesken jäänyttä kierrostaan. Harvoin näkee näin kireätahtista kierrätystä. Kotimainen munavuori oli jälleen uhkaavalla kasvu-uralla.

MUSTAT MIEHET

Helmikuisessa pakkassäässä kaksi tummaihoista miestä kahlasi kaislahameissaan kohti Mäntän keskustaa. Näky oli epätavallinen. Vuonna 1995 ei afrikkalaisia oltu paikkakunnalla totuttu näkemään. Muitakin outoja olentoja hivuttautui kohti paikallisen lukion pihamaata. Uuno Turhapuron kainalossa keikkui kaksi nunnaa ja Teräsmies oli ottanut kaverikseen itsensä joulupukin. Opiskelijoilla oli suuren ilon hetki. Oli penkkaripäivä.

12 vuoden urakka oli tullut päätökseensä. Viimeinen ponnistus oli edessä ylioppilaskirjoituksien myötä. Niiden jälkeen itsellinen, jännittävä elämä olisi tuoreiden valkolakkien edessä.

Jätin työpisteeni pankin konttorissa. Hivuttauduin kadun varrelle vilkuttelevan yleisön joukkoon. Kuorma-auton lavallinen riemusta kiljuvia olentoja ryöpsäytti karamellisateen yllemme. Kaislahameinen neekeripoika virnisti leveästi lipuessaan ohitseni. Illalla häntä odottaisi punavalkoinen laiva. Lakkiaisten jälkeen elämä jatkuisi armeijan leivissä. Opiskelupaikka tulisi olemaan toisella paikkakunnalla. Haikein mielin vilkutin esikoiseni perään.

MELKEIN MAISTERI

Paperitehtaan työmies Jorma Jantunen heräsi rankkasateen kohinaan. Ikkunasta näkyi harmaajuovallinen maisema sadeveden ansiosta. Myrskytuuli yritti tarmokkaasti irrottaa kattopeltejä.

Aamu alkoi ankein tunnelmin. Jatkokaan ei sujunut ongelmitta. Hellalla valmisteilla ollut kahvi pääsi kuohahtamaan yli pannustaan. Sotkun ja siivon lisäksi rouva Jantunen avasi sanaisen arkkunsa. Tunnetusti rouvan sanavalikoima oli laaja ja ääni kantava.

Aamukahviaan vaille jäänyt mies saapui työmaalleen. Työnjohtaja Saarinen komensi hänet kärräämään valtavan hakekasan kuorimon nurkasta pihamaalla olevalle siirtolavalle. Juntunen teki työtä käskettyä. Hän taiteili parhaan kykynsä mukaan lastinsa kanssa tehtaan avoimen ikkunan alapuolella.

– Onneksi kävin kouluja sen verran paljon, että pääsin sisähommiin, leukaili Hartikainen ikkunasta Juntuselle.

– Olisit lukenut vielä sen verran lisää, että olisit saanut pääsikin sisäpuolelle, vastasi harmistunut Juntunen.

Samassa ote kärryjen kahvoista lipsui. Juntunen horjahti, kärryt kaatuivat ja lasti levisi lätäköihin. Harmin kyyneleet nousivat miehen silmäkulmiin. Alistunut työmies haki vajasta lapion korjatakseen kömmähdyksensä.

Litimärän Jantusen mielentila oli yhtä lohduton kuin tehtaan pihamaan vettynyt maisema.

MEEDION MEGAUUTISET

Kuohuviini poreili korkeissa kristallilaseissa. Uudenvuoden aaton ilta oli laskeutunut meedion kauniiseen kotiin. Kuulun sisäpiiriin, joka oli kutsuttu paikalle lukemaan horoskooppeja, tulkitsemaan Tarot kortteja, harrastamaan numerologiaa ja valamaan tinat tulevalle vuodelle.

Horoskoopit virittivät vilkkaan keskustelun. Tulkintoja tuli kuin turkin hihasta. Toinen toistaan hauskempina versioina. Välillä meedio muuttui gourmet-kokiksi ja pöytään ilmestyi uskomattomia herkkuja.

Jännittävin hetki koettiin kun meedio kantoi suuren hopeatarjottimen huoneeseen. Tarjottimen päällä oli parikymmentä hopeista foliovuokaa, jotka kätkivät sisäänsä jonkin symbolisen esineen. Jokaiselle esineelle oli kirjattu valmiiksi sen merkitys ennustukselle. Kaikki saivat nostaa neljä esinettä. Yhden jokaiselle vuosineljännekselle.

Illan kohokohta, ajattelin vuoroni koittaessa. Ensimmäisenä nostin matkaa tarkoittavan esineen. Asia piti paikkansa. Olin juuri bongannut VR:n joulukalenterista kolmen euron meno-paluulipun Helsinkiin. Ylvästelin asialla ja kehuin koukkuisia sormiani, jotka salamannopeasti painoivat namikkaa matkatarjouksen ilmestyessä Veturin joulukalenterin luukusta.

Toisena ennustuksena ilmestyi lakkaa kuvaava rintamerkki. Aika arkista, ajattelin. Ainahan olen tyhjentänyt metsät marjoista, sienistä ja jopa männynkävyistä. Vai olisiko tässä jokin syvällisempi merkitys? Näin jo sieluni silmillä Iltalehden lööpin, jossa kerrottiin kissankokoisin kirjaimin: SANKARIFAMU PELASTUI NEUVOKKAAN POJAN POIKANSA ANSIOSTA! Famu oli eksynyt marjamatkallaan ja harhaillut viikon Lempäälän tienoilla olevassa metsässä. Sitkeä vanhus oli syönyt mustikoita henkensä pitimiksi ja kävellyt ympyrää pysyäkseen lämpimänä. Neuvokas, 5-vuotias pojanpoika, paikansi isoäitinsä olinpaikan joulupukin tuomilla agentin välineillään. Tuossa tulkinnassa oli jo vähän tyyliä.

Kolmantena käänsin esiin yllätysraskautta kuvaavan pienen vauvanuken. Siitähän siskoilla riemu repesi. Tämän täytyi olla emäerehdys. Kirurgihan oli vienyt pelit ja pensselit jo toistakymmentä vuotta sitten. Leikkaamaan intoutuneena nappasi pois vielä umpilisäkkeenkin.

62-vuotiaat eivät yleensä heittäydy hedelmällisiksi. Toimittaja ystävätär valpastui vaatien Aamulehdelle yksinoikeutta juttuun sikiämisestäni. Kaikki kolme ilmoittautuivat haltijatarkummeiksi. Tuskailin kireää aikataulua. Kolmannella kvartaalilla pitäisi olla valmista. Tuleva, asiasta mitään tietämätön isäkandidaatti pyöri vielä paikallisessa ravitsemusliikkeessä villinä ja vapaana elämän valttikortit kourassaan. Ihmeitä tapahtuu. Maailmankaikkeuden kuuluisimmat, Josef ja Maria, saivat lapsen sekä perheen, vaikkei pitänyt olla muuta yhteistä kuin verokortti.

Joulupäivän iltana juhlistimme joulua kuopukseni ja hänen vaimonsa kotona. Joulupukkia odotellessamme he antoivat parhaan joululahjan. Heille oli tulossa vauva. Kolmannella kvartaalilla syntyvä, parhaana satokautena.

SEURALAISPALVELUA

Haluan lemmikin. En vain tiedä minkä eläinlajin edustaja olisi sopivin. Perehdyn asiaan tutkimalla, mitä sananlaskut ja sanonnat eläimistä kertovat. Koira on yleisin kotieläin. Suomessa on yli 600 000 koiraa ja määrä on huimassa nousussa. Sen sanotaan olevan ihmisen paras ystävä. Lisäpisteitä koiralle maininnasta, ettei haukkuva koira pure. Noinkohan asian laita on? Muistan lukeneeni lehdestä yhdestä leukaperiensä louskuttajasta. Lemmikkikoira oli laittanut kodin sisustuksen uuteen uskoon. Aikansa kuluksi se oli järsinyt lattialistat, raadellut sohvan ja jälkiruuaksi syönyt välioven. Asia julkaistiin kuvan kanssa, joten kyllä se totta on. Lisää miinuspisteitä koiralle rapsahtaa sananlaskusta: Ei vanha koira uusia temppuja opi. Siitä on myös hankala päästä eroon. Jotkut epätoivoiset ovat yrittäneet jopa jättää lemmikkinsä kaupan ulkopuolelle. Toiveena on ollut, että puudelipallero varastettaisiin. Kyllä on siis koiraa karvoihin katsominen. Koiranelämään en suostu.

Entäpä jokin siivekäs? Ellun kana voisi olla hilpeää seuraa. Lauantai-iltana sen kanssa voisi sivistyneesti siemailla drinkkejä ja kaakattaa viimeiset juorut. Vai onkohan Ellun kanan alkoholinkäyttö kääntynyt ongelmaiseksi? Jos se juovuspäissään pullauttelee muniaan minne sattuu. Aamulla krapuloissaan on tietysti asian suhteen täysin muistamaton. Äimän käessä olisi eksotiikkaa. Kelpaisikohan sille lajitoveriksi käkikello? Tosin äimän käkikin munii minne sattuu. Lisäksi se on mestari laistamaan elatusvelvollisuutensa. Ei vaikuta kovin luotettavalta kumppanilta. Korvaava tuote lentävälle lemmikille voisi olla Angry Birds. Kaveriksi Pahis Possu ja niin saataisiin eloa eläkeläisen sohvannurkkaan. Valaistu akvaario olisi hieno sisustuselementti. Sananlaskut kertovat kaloista: On kuin kala vedessä ja hiljaisissa vesissä ne kalatkin kutevat. Aapelikin totesi pakinassaan:" Kalatkin munivat. mutta niiden munat ovat mätiä." Haluanko siis jonkin mätämunia munivan olion nurkkiini? En kyllä haluaisi. Samaan kategoriaan joutaa härski silli, joka vain makaa. Ekstraetuna omistaja saisi vielä hajuhaitat.

Kissalla on yhdeksän henkeä. Kuulostaa lupaavalta. Lisäksi siitä sanotaan: Kissa kiitoksella elää. Ihanan vaivaton lemmikki. Nyt alan lämpenemään. Kissa kiilaa keulille näillä ansioillaan. Pitää vielä tarkistaa tarkoitus lauseeseen: Kuka se kissan hännän nostaa, ellei kissa itse? Onko kissan häntä jokin lötkö pötkö, jota omistajan pitää nostella? Mustaa väriä kannattaa kaihtaa kissojen kohdalla. Musta aiheuttaa kanssaihmisissä lisääntynyttä syljeneritystä. Ei olisi kovinkaan mukavaa käyskennellä sylkisateessa.

Sieluni silmillä näen itseni ratsastamassa kiitolaukkaa Hämeenpuistossa uljaan orhini selässä. Hevonen olisi upea lemmikki. Vaan entäpä jos sen tunteet emäntäänsä kohtaan lämpenevät? Nimittäin rakkaudesta se hevonenkin potkii. Liian iso riski tämänkin vaihtoehdon kohdalla. Sitä paitsi se ei mahtuisi hissiin.

Ei tästä nyt susikaan ota selvää. Taidan aloittaa harkinnan alusta. Koiras vai naaras? Leikattu vai leikkaamaton? Rotuyksilö, sekarotuinen vai maatiainen? Kyllä tämä vielä valkenee. Sokeakin kana jyvän löytää.

KANNUSTUSPALKINTO

Sadun aasi on tunnetusti perso porkkanoille. Aasi-parkaa jymäytetään oikein olan takaa keppi-porkkana tempulla. Eläinparka kopsuttelee vikuroimatta pitkiäkin taipaleita porkkanan kuva silmissään. Aasin lailla ihmiset ovat menneet samaan retkuun. Varhaiskasvatus viitoittaa vaippaikäiselle ajattelutavan. Kerron esimerkin. Perheen taaperolle luvataan kolme rusinaa jos hän onnistuu punnertamaan kakkansa pottaan. Lapsi oppii nopeasti. Aasit ja aikuiset eivät. Hetken päästä kullanmuru älyää palkkion vaatimattomuuden. Päättäväisesti ipana ilmoittaa haluavansa lisää rusinoita. Muussa tapauksessa vaipparalli jatkuu ja kodin ominaistuoksuksi jää ikuisiksi ajoiksi jätepussia täyttävät karmeasti käryävät "liberot".

Vuosien varrella kaupankäynnin kohteet muuttuvat. Keppi ja porkkana heilahtavat helposti. Kauppaa hierotaan lelujen siivoamisesta, peliajasta ja uusista virikkeistä. Suomen ja Neuvostoliiton välinen bilateraalinen vaihtokauppa alkaa vaikuttamaan valjulta tämän rinnalla.

Tarinassani aasi on saanut merkittävän roolin. Käytän aasinsiltaa edetessäni elämäni porkkanoihin. Palkkiopuutteellisessa lapsuudessani ei porkkanoita jaettu. Keppinä toimivat koivuniemen herra, uhkaus lapsia vievistä mustalaisista tai vihjaus kotiarestista.

1980-luvun pankkikriisin jälkeen hävisi muutama pankkiryhmä pankkitoimihenkilöineen maastamme. Palveluorganisaatiot muuttuivat myyntiorganisaatioiksi. Jälleen keppi ja porkkana -taktiikka heilahtivat esiin. Tulostavoitteet läjähtivät syliin. Tulos tai ulos-teema toimi keppinä. Vuosittainen bonuspalkkio porkkanana.

Tontilleni kuuluivat ne asiakkaat, joille maallista mammonaa oli siunaantunut runsaanlaisesti. Työnäni oli tunkea rahavaroja kannattaviin kohteisiin huomioiden tuottoprosentin, asiakkaan riskinottokyvyn, verottajan, perilliset sekä markkinoiden suhdannetilanteen. Lisäksi homma vaati suurta kärsivällisyyttä ja pitkäpiimäisyyttä. Piti ymmärtää, ettei ole vallan helppoa olla rikas. Miltei työstä sekin tila käy. Asiakaslähtöisyys oli avainsanani. Kauppa kävi kuin siimaa.

Viikkoseurannan ansiosta olin syvästi tietoinen tavoitteiden täyttymisestä. Vuosittain käydyssä esimies-alamainen keskusteluissa johtaja juhlallisesti ilmoitti bonuspalkkion suuruuden. En koskaan muistanut mainita maamme vadelmavenepakolaiselle, isopomo Björn "Nalle" Wahlroosille, että ilman bonuksiakin olisin kulkenut valitsemaani polkua.

Porkkana on saanut monta synonyymiä, kuten bonus, optio, tulospalkkio tai kannustuspalkinto.

Ja maailman aasit jatkavat herkkujahtiaan.

51

LÖYLYNLYÖMÄT

Suomalaiset ovat saunahulluja. Maamme merkkihenkilöt ovat esimerkillään yllyttäneet kansaamme huimiin urotekoihin asian suhteen. Presidentti Urho Kekkosella oli oma saunaseura Tamminiemessä. Maamme tärkeiden asioiden ratkaisemiseksi ylin poliittinen johtomme joutui saunomaan pikkutunneille asti. Ulkomaalaiset valtiovieraatkaan eivät pystyneet kiemurtelemaan saunomisen pakosta. Nikita Hrustov taisi neuvokkaasti selvitä yhdellä saunareissulla.

Tavalliset tallaajat ovat rakentaneet maamme niemet ja notkelmat täyteen erilaisia saunoja. Nämä onnettomat saunan omistajat esittävät sitten innokkaasti kutsuja tulla mökkeilemään. Käytännössä se tarkoittaa sitä, että kun vieraspoloinen on saanut ojennettua tuliaisensa isäntäväelle, niin hänet kiidätetään saman tien saunan lauteille. Siihen retkuun en enää mene.

Kerrostalojen asukkaat eivät ole juurikaan sen parempia. Heidän ylin tavoitteensa on saada rakennetuksi metrin pätkä lauteita kylpyhuoneen nurkkaan. Ei auta vaikka taloyhtiön kellarissa olisi saunatilat ja saunavuoroja olisi saatavilla. Suomalaisella pitää olla oma sauna kodissaan.

Viime kesän kammottavin näky Ratinan suvannon rannassa oli ponttonien päälle rakennettu kelluva sauna. Tein välittömästi valituksen Tampereen kaupungin ympäristölautakunnalle maisemoinnin pilaamisesta. Urbaaniin kaupunkikuvaan ei mielestäni kuulu laineilla lilluva sauna.

Hulluuden huippu nähtiin vuonna 2010 Heinolassa pidetyissä saunomisen SM-kilpailuissa. Venäläinen mitaliehdokas voitti itselleen paikan ruumishuoneelta. 40-vuotias suomalainen kilpailija selvisi muutaman kuukauden tehohoidolla elävien kirjoihin. Mainittakoon, ettei kumpikaan finalisti poistunut vapaaehtoisesti lauteilta, vaan heidät raahattiin raadin toimesta väkisin lauteilta alas.

TEE SE ITSE -MIES

Kesämuisti tulla vasta elokuussa. Edellisinä kuukausina vettä oli ryöpsähtänyt taivaalta harva se päivä. Oli siinä ollut naapurini Makkosen perheellä naurussa pitelemistä vuotavan mökin katon kanssa. Vintillä oli ollut ämpäreiden armeija torjumassa kosteusvaurioiden syntymistä.

Tänään perhe oli projektinsa kanssa voiton puolella. Perheenpää Mauno ilmoitti kiinnittävänsä vielä piippuun sateensuojaksi peltisen lipan ja sen jälkeen juhlittaisiin urakan valmistumista.

Mauno kapusi tarmokkain askelin tikapuita ylöspäin. Keittiön ikkunan luona hän nosti neljä sormeaan pystyyn viestittäessään vaimolleen tarkan ruoka-ajan. Siippa Elsa hymyili nyökätessään ymmärtäneensä ja jatkoi mansikkakakun koristelemista. Heidän poikansa Antero hääri grillin luona käristäen makkaroita ja kyljyksiä. Grillistä leviävä tuoksu sai veden kihoamaan kielelle naapurinkin puolella. Kuistille oli katettu juhlapöytä.

Kesäpäivän idylli repesi katolta kuuluvaan manaukseen. Maunon vasara lensi kaaressa alaspäin osuen verannan kaiteeseen, josta se sai kimmokkeen jatkaa matkaansa kohti grilliä. Täysosuma sinkosi osan mehukkaista makkaroista pihanurmelle. Lisää tavaraa oli taivaalta tulossa. Vasaraansa tavoitellut työmies liukui pää edellä kohti katon reunaa. Viimeisenä oljenkortenaan Mauno tarrautui räystääseen, joka antoi periksi ja irtosi osittain. Sillä hetkellä tikapuut päättivät pyörtyä ja kaatuivat kumolleen pihamaalle. Antero-parka yritti väistellä parhaansa mukaan tätä taivaalta satavaa ruuhkaa. Elsa ryntäsi huutaen mökin ovelle. Minä sain naapuritontilta jalat alleni ja säntäsin pikavauhtia apuun paikallisena Ben Caseyna. Kyykistyin uhrin viereen todeten hengityksen toimivan. Siinä ne olivatkin sitten mökkinaapurin päällisin puolin todettavat toiminnot. Antero seisoi suolapatsaana kännykkä kädessään. Sieppasin puhelimen ja soitin hätänumeroon. Rauhallinen ääni toisessa päässä selvitti tehokkaasti mitä ja missä oli tapahtunut. Apu lähetettiin matkaan. Luurin välityksellä saimme lisäohjeita. Seuraava varttitunti tuntui ikuisuudelta. Viimein kuului avuntuojien auton kaivattu sireenin ääni. Ambulanssi kaarsi pihamaalle ja pian oli ensihoitaja potilaan luona. Niskatuettu Mauno siirrettiin paareilla auton uumeniin. Pian kuului loittonevan ambulanssin hälytysääni.

Me kolme pihamaalle jäänyttä seisoimme vaitonaisina pelon ja kauhun puristaessa kehoa. Räystäs retkotti periksi antaneena ja turvaköysi heilui tuulenvireessä muistuttaen tarpeettomuudestaan. Kuului vain makkaroiden kimpussa juhlivien kärpästen pörinä.

PUHELINMYYJÄ

Rowling, rowling on the river...
Cleedence Clearwater Revivalin kappale Proud Mary raikui puhelimestani merkiksi siitä, että joku tavoitteli minua luurin päähän. Painoin vihreää nappia ja vastasin nimelläni.

–DNA:sta Petri Laajanen, hyvää päivää! Olipa erinomaista, että tavoitin teidät.

– No, en olisi ihan varma siitä.

– Hehheh, kuulkaa kun minulla on aivan upea tarjous teille. DNA tarjoaa nyt markkinoiden ehdottomasti parhaan viihde-paketin aivan uskomattoman edulliseen hintaan. Osan saatte aivan ilmaiseksi eli ensimmäisen kuukauden maksuttomana.

– Viihdepaketti käveli sisään kolmanneksi vanhimman lapsenlapsen muodossa kaksi tuntia sitten. Kolmonen, tule heti alas pöydän päältä. Sieltä kun kajahdat alas, niin tulee suuri harmitus.

–Niin, tämä DNA viihdepaketti 8 Mix maksaa vain 19.90 kuukaudessa.

– Kuulepas Laaninen, olet ihan mukava kaveri. Soitit sa-masta asiasta kaksi kuukautta sitten. Voin vakuuttaa, ettei ymmärrykseni asian suhteen ole piiruakaan laajentunut. En osaa käyttää ohjelmaanne, saatikka asentaa sitä.

– Korjaan Laajanen. Petri Laajanen. Rouva hyvä, lapsikin osaa ohjelman asentaa. Meiltä tulee niin hyvät ohjeet paketin mukana.

– Siinäpä se. Lapsi osaa, minä en. Pitää kuitenkin kytkeä johtoja, piuhoja ja kaapeleita eri vekottimiin ja sitten olen kiipelissä. Asennuksen seurauksena toosa seisoo mustan mykkänä nurkassa ja ei näy minkään valtakunnan kanavaa.

– Eikö teistä olisi mukavaa vaihtelua kun normaali kanavavaihtoehtojen lisäksi voisitte valita kahdeksan mieluisinta kanavaa sadan valikoimasta? Tarjolla on urheilua, elokuvia, musiikkia, kokkausta ja sisustamista. Ihan kaikilta elämänaloilta löytyy ohjelmia.

– Minä en urheile. Paitsi golfaan.

– No, sittenhän se olisi mahdottoman hienoa jos voisitte seurata Tiger Woodsin taitavuutta maailman viheriöillä.

– Minä en sitä häntäheikkiä katselisi hetkeäkään. Ilosta voisin katsellakin. Kolmonen, älä syö kukkamultaa. Niin Luojanen, kyllä tarjouksesi kuulostaa vähän suureelliselta iäkkäälle tätiihmiselle.

– Laajanen edelleenkin. Entä piirretyt lapsenlapsille? Eikös se olisi suosittua ajankulua?

– Olen virikkeellinen famu. Piirtelen ja askartelen lapsien kanssa. On minussa sen verran taiteilijan vikaa. Kirjankin kirjoittaa pläjäytin. Muistaakos Laasonen Porkkalan vuokraaikaa?

– Ei nyt ihan heti tule mieleeni.

– Aiaijai sentään. Isomummoni Amanda asui Siuntiossa silloin kun Porkkalan alue vuokrattiin venäläisille. Amandalle tuli aika liukas lähtö siinä rytäkässä. Minulla on muutama kirja jäljellä. Saat kirjan omakustannushintaan parilla kympillä. Voitaisiin tehdä sellaiset käänteiset kaupat. Tiedäthän, samaan malliin kuin Matti Inhan kehittämä käänteinen asuntokauppa.

– Enpä taida ostaa. Olen paremminkin urheilun ystävä. Mutta laitetaan teidän pakettiasia kuntoon. Olen vakuuttunut, että siitä koituu paljon iloa teille ja lapsenlapsillenne.

– Kolmonen, et tarvitse kahdeksaa lusikkaa syödäksesi välipalan. Yksi riittää. Vie loput lusikat takaisin famun laatikkoon. Juu, puhelinmiehiä taidat olla paremminkin.

– Kerron vielä, että voitte vaihdella mielin määrin niitä valitsemianne kanavia. Laitanko lähetyksen tulemaan?

- Kolmonen, et edelleenkään syö sitä multaa! Kyllä minun on nyt pakko antaa tuolle pojalle välipalaa. Jos vaikka sitten lakkaisi hamuamasta kukkapurkkia. Oli kiva rupatella. Kilauttele taas kun sille päälle satut. Kuulemiin.

FESTIVAALIT

Blockfestivaalien ensimmäiset, raskaat rytmit jyrähtivät korviini. Nalkalankatu täyttyi oudoista olennoista, jotka sopulien lailla etenivät kohti Ratinan rantaa. Nuorukaisilla oli piispan hiippaa muistuttavat mustat pipot päässään, housut puolitangossa paljastaen osan takamuksen vaosta ja metalliset ketjut kilahtelivat reisiä vastaan. Tytöillä näkyi kangas loppuneen niin puvun ylä-kuin alaosasta ja yksi näkyi lähteneen juhlimaan pelkissä sukkahousuissa. Kuusi kammotusta päätti vallata pihamaamme mummokeinun. Vanhempansa olivat mättäneet jälkikasvulleen mukaan oikein ruhtinaalliset eväät. Varmasti taatakseen lapsukaistensa mahdollisimman pitkän poissaolon kotinurkista. Kalja- ja siideritölkit sihahtelivat auki naurunremakan säestyksellä ja nälkäisimmät availivat pizzalaatikoitaan. Että kehtasivatkin tulla toisten pihamaalle ilonpitoon ja metelöimään. Tartuin kameraani ja aloin napsimaan joukkiosta kuvia. Onneksi yksi hunsvotti älysi salamavalojen välähdyksistä, että heitä ikuistettiin. Alaikäisten joukko häipyi jättäen muistoksi tölkit, tumpit ja pizzalaatikot.

– Kuulepas kuusikymmentäluvun kukkaislapsi. Olitko nyt reilukerholainen kun ajoit viattomat nuoret pois? Muistuuko mieleesi taannoinen samettinen roiskeläppäsi, maksitakkisi ja takaraivolla keikkunut irtolisäke?

Edesmenneen äitini äänihän se sieltä kantautui. Ristiä veikkasin, että yhtä edesmennyt mummoni liittyy keskusteluun tuota pikaa. Heillä on kiusallinen tapa sekaantua edelleenkin elämääni taivaskanavalta.

– Niin ja jäit kiinni väärennetystä henkilöllisyystodistuksesta, jatkoi mummo. Keskikaljaa piti päästä maistelemaan jyväskyläläiseen Ruthin baariin vaikkei ollut ikää tarpeeksi.

– Olin vain puoli vuotta alaikäinen ja sellaista ei lasketa. Huomautin myös, että join olueni sisätiloissa enkä tullut melskaamaan toisten ikkunoiden alle.

Piha oli putsattu tunkeilijoista, joten päätin siirtää autoni talliin. Avasin ulko-oven ja silmäni laajentuivat järkytyksestä kuin olisin nähnyt ufon. Paitsi se ei ollut ufo vaan aikuinen mies puskapissalla keskellä pihamaata.

– Mitä luulet tekeväsi? Onkohan tuo nyt ihan fiksua tulla tarpeilleen MINUN pihamaalleni? kiljuin raivoissani. Herra ei vaivautunut edes vastaamaan, vaan poistui kadulle. Avasin tallini ovet, hyppäsin ratin taakse ja peruutin. BANG! Onnistuin peruuttamaan keskellä pihamaata olevaan väestösuojan ilmastointitolppaan.

Äiti kommentoi taivaskanavalta välittömästi.

– Pitikö yhdestä puskapissasta hermostua niin paljon, että auto on miltei lunastuskunnossa?

Mieleni oli musta kuin pakanamaan kartta ilman näitäkin valistuksen sanoja.

– Herreguden, jatkoi mummo. Sanoin jo viisikymmentä vuotta sitten, että vielä tuo lapsi sokeutuu kun vetelee kynällään noita mustia rinkuloita silmiensä ympärille. Ja nyt se sitten tapahtui.

– Olisiko ollut mahdotonta, että teistä toinen olisi lennähtänyt hetkeksi tolpan nokkaan istumaan? Silloin olisin peruutuspeilistä huomannut esteen eikä tätä kurjuutta olisi tapahtunut. En minä nyt niin hullu olisi ollut, että olisin liiskannut sukulaiseni pihamaan asvalttiin. En edes edesmenneitä sukulaisiani, sanoin ponnekkaasti.

Yön nukuttuani harmitus hiipui. Taivaallinen voimakaksikko oli jälleen kerran oikeassa. Minusta on tullut taantumuksellinen tantta. Väri - ja ajatusmaailmani ovat haalistuneet harmaiksi. Milloin viimeksi joku on viheltänyt perääni? En muista tai sitten on mennyt kuulokin. Katumukseni vallassa suhtaudun puskapissaukseenkin varsin myötämielisesti. Itse asiassa voisin saada kaksi kärpästä yhdellä iskulla. Mainosten mukaan meillä senioreilla on alentunut pidätyskyky ja Hämeenpuistoa pitäisi elävöittää. Kiinnostaisiko teitä jäsenyys Pirkanmaan Puskapissaajissa? Lisäbonuksena puiston puudelit tulevat saamaan aimo annoksen lisää virikkeitä havannoidessaan puskissa kyykkiviä mummoja ja pappoja.

ÄLYPUHELIN

Veneilijöiden talkooporukka oli saanut keväturakkansa päätökseen. Puolen tusinaa hyvää vauhtia huru-ukkoikää lähestyvää miehenkörilästä järjesteli laiturilla työkalujaan ja siivousvälineitään. Vanha höyrylaiva Hilma oli putsattu miesvoimin viimeistä sopukkaa myöten.

Jalmari, laivan kansimies, sulloi välineitään kassiinsa. Hän otti tukea tasapainolleen takanaan olevista tikapuista. Plumsista! Jalmari keikahti hyiseen järveen tavaroineen päivineen. Tikkaita ei ollut kiinnitetty minnekään.

Illalla vastasin puhelimeni soidessa.

– Jalmari tässä moi!

– Moi! Mitäpä kuuluu?

– Satutko tietämään miten kännykän saa kuivattua?

– No satun. Upota luurisi riisiryyneihin ja anna olla sen siellä muutama päivä. Riisi imee kosteutta.

– Mitä onnistuit kaatamaan puhelimesi päälle?

– Ei siihen mitään kaatunut. Minä kaaduin tai oikeastaan putosin epähuomiossa järveen.

Näin urheasti Jalmari heitti talviturkkinsa ja tavaransa Näsijärveen. Hän nieli tappionsa miehekkäästi. Seuraavalla viikolla kouraan ilmestyi entistä ehompi älypuhelin. Ystävällinen, kaupungin pestaama sukeltaja löysi järven pohjasta sankarimme silmälasit rantaa puhdistaessaan.

Jalmarin elämä oli jälleen mallillaan. Aurinko paistoi höyrylaiva Hilman lipuessa kohti Ruovettä. Risteilyvieraat istuivat ihastellen ilmaa, hanuristin soittoa ja samalla syöden pitkopullaa pannukahvin painikkeena. Kansimies Jalmarikin istahti huilaamaan ja kaivoi upouuden puhelimensa esiin. Konemies Holopainen hääri mittanauhansa kanssa.

– Otas Jalmari kiinni tuosta mittanauhan toisesta päästä.

Miehethän eivät tunnetusti pysty tekemään kahta asiaa yhtä aikaa. Jalmarista nyt puhumattakaan. Sillä siunaamalla hetkellä kun Jalmari tarrasi mittanauhaan, niin älypuhelin, 399 euroa, lensi kaaressa yli laidan kohti Ahdin valtakuntaa.

Seraavana iltana vastasin jälleen Jalmarin soittoon.

– Jalmari tässä moi!

– No moi, moi! Mitäpä miehelle kuuluu?

– Oli vähän kauppa-asioita ja pistäydyin Tampereella.

– Jaa-a, mitä löysit?

– Älypuhelimen.

– Juurihan sellaisen viime viikolla ostit. Etkös muista?

– Nih, mutta kun sekin halusi mennä uimaan.

Jalmari, joka ei koskaan, ikinä, milloinkaan ollut syyllinen mihinkään mitä maailmankaikkeudessa tapahtui, jatkoi marttyyrin viittaansa heilauttaen

– No, kun se Holopainen alkoi sähläämään mittanauhansa kanssa.....

TÖPPÖPISTEITÄ

Laskin lainaamani kirjapinon autoni katolle napatakseni avaimet käsilaukusta. Käteni haroi tyhjää niin laukun kuin takintaskujen osalta. Pysäköintiaikaa oli jäljellä nihkeät kymmenen minuuttia. Siinä ajassa en olisi ehtinyt kiitämään kotiin noutamaan vara-avaimia.

Kiiruhdin kirjastoon takaisin. Toiveikkaasti tiedustelin vahtimestarilta, olisiko joku löytänyt hukkaamani avaimet. Ei ollut. Puikkelehdin silmä tarkkana samoja reittejä hyllyjen välissä kuin varttitunti aikaisemmin laihoin tuloksin. Komensin itseäni rauhoittumaan. Istuin pöydän ääreen ja tyhjensin käsilaukkuni. Huolellisesti nostin tavaran kerrallaan pöydälle. Vastapäätä istuvaa herraa operaationi tuntui kiinnostavan. Viime töikseni käänsin ulsterini taskut nurinpäin. Bingo! Sormeni osuivat taskussa olevaan reikään. Takin helmasta kaipaamani karkulaiset löytyivät. Hotakaisen kirjoittama Kantaja-kirja pääsi autokyydillä vierailulle luokseni.

EI PÄIVÄÄ ETTEI VAHINKOA

Purjehdin pinkinpunainen roskapusssi kädessäni kohti roska-katosta. Järkyttyneenä totesin,ettei autoni avain ollut yhteen-sopiva portin lukon kanssa. Askareen tarvikkeet olivat oikein. Avainvalinta ei mennyt ihan nappiin. Lainasin naapurirouvalta puhelinta. Ulko-oven lasin läpi näin onneksi huoltoyhtiön numeron. Soitin huoltomiehelle. Istuin puoli tuntia myrtyneenä rappusilla kunnes huoltonainen saapui. Mielialaani ei kohottanut naapureiden kommentit, saati haiseva roskapussi heinäkuisessa helteessä.

– Onko sinulla henkilöllisyystodistusta?

– Passi on kotona. Ei ollut tarkoitus lähteä roskapussin kanssa pitempään reissuun, niin en ottanut henkilöllisyyspape-reita matkaan.

– Tämä maksaa 40 euroa. Käteisellä ja heti.

Vakuutin, että paperirahaa ja passi löytyisivät, kunhan saa-daan ovi auki.

Kokemuksen jälkeen luokittelen roskien viennin erittäin suurta tarkkaavaisuutta vaativaksi toimeksi.

VOI PYHÄ JYSÄYS

Aloin miettimään kuinka arjen ja pyhän merkitys on ajan saatossa muuttunut. Ajatustyö poiki sen verran, että älysin tarkistaa Wikipediasta sanat arki, pyhä ja sunnuntai. Voi pyhä jysäys minkälainen soppa ja sotku näistä käsitteistä muodostuu. Niin on monta miestä kuin mielipidettäkin asiasta.

Arki on saanut synonyymeikseen tavallinen, jokapäiväinen, karu, proosallinen, lattea, mitätön ja harmaa. Ei kuullosta ainakaan minun arjen juhlaltani.

Sunnuntai paistattelee suosiossaan sen erinomaisen avunsa turvin, että suurimmalle osalle kansalaisista se on päivä ilman työvelvoitetta. Pyhäpäivä on kirkollinen juhlapäivä ja saanut merkintänsä almanakkaan oikein punaisella värillä. Jotta asia hieman mutkistuisi, niin on olemassa myös arkipyhiä.

Aikojen alussa kirkolla oli ylin valta määrätä juhlapyhien ajankohdista. Nykyisin myös ammattiliitoilla, työnantajajärjestöillä ja valtiovallalla on sanansa sanottavana asiaan.

Eläkeläisenä joudun aamuisin silmiäni raotellessani ajattelemaan ankarasti minkä nimiseen päivään olen heräämässä. Jos en lue sanomalehden etusivulta tai luntta kännykän näytöltä, niin mistä voi tietää onko arki vai pyhä?

Kaupat ovat auki pääsääntöisesti joka päivä. Siitä ei voi enää päätellä mitään. Sen sijaan jos marketin kassoista vain kaksi on auki ja niille kiemurtelevaa jonon hännänpäätä et näe edes kaukoputken avulla, niin voit päätellä kyseessä olevan sunnuntain. Poikkeuksen tekee tietysti Alko, joka pistää ovensa säppiin hyvissä ajoin juuri silloin kun kansalaisilla olisi luppoaikaa juopotella.

Ammattiyhdistysliikkeet ovat pitäneet ryhtinsä arjen ja pyhän suhteen jysäyttämällä kunnon prosenttikertoimet sunnuntaisiin tuntikorvauksiin. Joten ne kaksi onnekasta kassahenkilöä rahastavat kuuden henkilön liksat.

Sen sijaan kirkot ovat auki vain sunnuntaisin. Tästä voisi nerokkaasti tehdä sen johtopäätöksen suuntaan jos toiseen.

Pankit eivät enää edes ilmoita olevansa kiinni, koska niiden ovet ovat pääsääntöisesti lukossa.

Sunnuntaisin keskustan alueelta et löydä vapaata parkkipaikkaa. Et myöskään parkkipirkkoja. Pysäköinti on ilmaista. Tämä on pysäköinninvalvonnan kädenojennus kulutuksen nostamiseksi ja kansantaloutemme kohentamiseksi. Joukkokuljetusvälineiden vuorotiheys on silloin romahtanut minimiin.

Sunnuntailapset pitävät meteliä syntymänsä viikonpäivästä. Sunnuntain lailla he väittävät olevansa jotenkin parempia ja erinomaisempia kuin muut. Lapsellista vouhotusta yhden lorun ympärillä. Vaan se joka syntyy sunnuntaina, on hyvä, kaunis ja huoleton aina.

Nimimerkki: Lannistettu lauantain lapsi

JO ON MAAILMA MALLILLAAN

– Mää sain Clemontin!
– Mulle tuli pyramidikuningas Brandon ja se muuttaa muotoaan!
– Ash Ketchum! Iris! Pikachu! Cilan!

Pikku Kakkosen puistossa puhuttiin käsittämättömin termein. Teinit ja aikuiset säntäilivät käsivarret ojossa hämärtyvässä illassa. Älypuhelimien näytöt välähtelivät vilkkaasti. Pokemonien saalistus oli käynnissä.

50-luvulla vuokraemäntämme Arwida Sandberg jahtasi luudallaan pikkupiruja yötä myöten. Arwidan virtuaalipeliä ei katsottu suopein silmin. Hänet toimitettiin hullujenhuoneelle rauhoittumaan.

Nykyisin on varmaan täysin sallittua metsästää olemattomia olentoja. Vieläpä kännykän avulla. Touhun täytyy olla kaiketi laillista, koska miniäni, kouluja käynyt ihminen, osallistui tähän hulluuteen.

Herrahenkilö, joka sai ensimmäisenä kerättyä kaikki "poksut", sai nimensä kuvan kanssa Aamulehteen. Arwida-parka joutui tyytymään paikkaan suljetulla osastolla samankaltaisesta aktiviteetista.

Sam Leverssonin sanoin: Hulluus on perinnöllistä. Sen voi saada lapsiltaan. Sitä odotellessa.

PIST !

Kohdallani on kaksi asiaa, joita en mielelläni ota puheeksi. Listalla ovat painoni ja ikäni. Toivon, että tuet minua näitä traumatisoivia asioita vastaan.

Tiedän olevani painoni arvoinen kultaa. Tieto ei lohduta silloin kun painoindeksini lukema heitetään nokkani eteen. Joten älä edes yritä urkkia asiaa, ellet ole omalääkärini, joka juuri junailee oikeaa lääkitykseni annoskokoa.

Olen niin kateellinen viisikymppiselle sukulaismiehelle. Hän meni muutama viikko sitten markettiin ostamaan saunaolutta. Kassa kysyi papereita. Ihan parasta asiakaspalvelua. Siirryn kaljakaupoille Tikkurilaan.

Vertaistuki on voimaannuttavaa. Kerro minulle, että ikä on vain joukko joutavia numeroita. Tee se päivittäin. Mannaa korvilleni olisi, jos tunnustaisit oman elämäsi kuihtuneet ihmissuhteet ja kadonneet esineet. Ihan parasta olisi kuulla sisäpiirijuoruna, että ohjelma Rakas, sinusta on tullut pullukka, lopetetaan.

Positiivisen elämänasenteeni murtavat muun muassa:

1. Frederik laulullaan Olen kolmekymppinen.
2. Inisijät = Aina valittavat ihmiset.
   Inisijät kesämökeillä = itikat. Tupla riesa.
3. Turun murre = edesmennyt anoppini.

Lopuksi jysähtää! Tieto rapauttaa huolellisesti rakentamani kuvan itsestäni kovastikin kulttuuripersoonana. Kohdallani alkoi kahdeksastoista TUOTANTOVUOSI Salatut elämät - sarjan parissa.

VELJESRAKKAUTTA

Aamun avaus poikani perheessä valkeni vauhdikkaasti. Puolitoistavuotiaat kaksospojat Äly ja Väläys touhusivat palikoidensa kimpussa. Neljävuotias isoveli Kolmonen oli linnoittautunut sohvan uumeniin traktorinsa kanssa. Väläys toivotti erikoisella tavalla hyvät huomenet kaksoisveljelleen pamauttamalla tätä muovisella vasaralla päähän. Toimenpide aiheutti uhrissa tulikuumia tuntemuksia. Joskus tekisi mieli tunkea luova poikatrio pakastimeen jäähylle likaisten temppujen johdosta. En ihmettele, että vanhempien takit ammottavat välillä tyhjyyttään.

Iltapäivällä saavuin paikalle viihdytysjoukoksi. Kaksoset halusivat satusession. Luin heille sadun viidestä pienestä palosotilaasta. Kolmonen haki jättimäisen Ikean kassin. Ukaasi kuului, että minun piti laittaa pääni kassin sisälle. Tein työtä käskettyä. Istuimme rintarinnan kassin uumenissa satukirjan lumossa. Näppärästi isoveli pullautti veljensä pois lukupiiristä.

SINIVERINEN KÄKI

Kerro famu satu. Minähän kerroin, vaikkei sopivaa kirjaa ollut käden ulottuvilla. Kaikki viisi lastenlasta saivat päivän tarina-annoksensa.

Kalle Käki istui kuusenoksalla sangen tyytyväisenä. Hänen äsken hotkaisemansa karvamato antoi sopivasti lisää miese-nergiaa. Päivän suurin ilonaihe oli kuitenkin se, että puoliso Kaisa oli onnistunut jälleen kerran pullauttamaan yhden munan vieraaseen pesään. Tällä kerralla kyseessä oli Peipposten koti. Edellä mainittu suku oli matemaattisesti niin lahjatonta, etteivät osanneet edes laskea tulevan jälkikasvunsa lukumäärää. Onnistuneen operaation kunniaksi Kalle päätti lurauttaa kunnon Kukkuu-konsertin Kaisalleen. Miehensä huomaavaisuutta arvostaen Kaisa säesti puolisoaan kunnon basistin elkein, pypypypyy-käkh.

Käkien heimo on elänyt kautta aikojen varsin boheemisti. Vakituinen oma pesäpaikka on heille tuntematon käsitys. Klaanin naispuoliset jäsenet pitävät tiukasti perinteistä kiinni. He eivät anna siivenkään värähtää jos kyseessä ovat niinkin arveluttavat toimet kuin kodinhoito, hautominen tai yösyöttö.

Pariskunnan konsertti loppui kuin seinään. Kalle tarkensi katsettaan Jokisten kamarin seinällä olevaan rakennelmaan, jonka ovesta työntyi ulos kääpiökasvuinen lajitoveri, kukkuen oudolla aksentilla. Kykkyy, kykkyy kajahteli avoimesta ikkunasta. Asumus oli upea koristeellisine puuleikkauksineen. Messinkiset virikeketjut roikkuivat palatsin pohjasta päätyen raskaisiin punnuksiin.

– Palatsi sisätiloissa, sanoi Kalle kateellisena Kaisalleen. Nämä elämäänsä paremmat kortit saaneet ovat eittämättä von Gugguheimejä.

Katkeruuden kalkin kruunasi Jokisten lasten ihastuneet huudahdukset palatsin ovella kukkuvan rääpäleen esityksen jälkeen.

– Pypypypy käkh, kähisi Kaisa ja jatkoi, nuo saavat varmasti karvamadot ja toukat hopeatarjottimella nokkansa eteen.

– Hymysi tulee vielä hyytymään kreivi Gugguheim, uhosi Kalle pörhistellen samalla höyhenpeitettään. Minä ja vaimoni tulemme pitämään huolen siitä, että seuraava jälkeläisemme syntyy palatsissa ja hänestä tulee aatelinen, Gugguheimien suvun täysivaltainen jäsen. Ja siinä samalla oma asemamme nousee yhteiskunnan arvoasteikossa kohisten.

Uho poiki uuden ajatuksen Kallen terävissä linnun aivoissa.

– Kalle on liian arkinen nimi aatelismiehelle. Otan käyttöön etunimekseni Karlin. Eikä sukunimikään voi olla Käki. Olisiko Kägelius soveliaampi? Sinä eukkoseni voisit olla Cajsa tai Catherine.

– Pypypykäkh, Catherine olisi ihana nimi. Pitäisikö sukunimen alku varmuuden vuoksi kirjoittaa G:llä?

Ilta hämärtyi. Miltei aatelisella pariskunnalla oli suunnitelma hiottuna. Kalle vetäisi kaikkien aikojen Kukkuu-shown. Jokisten ja Gugguheimien huomion keskittyessä Kalleen, Kaisa toimisi. Parilla siiveniskulla hän pudottaisi mahdollisimman monta aatelisen alkua lattialle ja vastavuoroisesti lahjottaisi oman aarteensa kasvattikodin huomaan. Kalle aloitti esityksensä.

Hän kukkui kurkku suorana voimakkaalla äänellään ja teki liitäen muutaman silmukan ikkunan lähettyvillä. Kaisa kiihdytti lentonsa syöksyvauhtiin.

SLAM!

– Tuo käki on tullut hulluksi ja pitää ihan mahdotonta meteliä. Sillä on varmasti lintuinfluenssa, sanoi isä Jokinen sulkiessaan ikkunan.

Kaisa-parka ei ehtinyt edes avaamaan laskutelineitään paiskautuessaan lasiin. Otsatukan irronneet höyhenet leijailivat kieppuen maassa ketarat pystyssä makaavan Kaisan ylle. Päätään pudistellen onneton lentäjä yritti pinnistellä takaisin tähän maailmaan. Harmituksen kyyneleet huuhtoivat mennessään haaveet aateluudesta ja taivaallisista toukkatarjoiluista. Suljetun ikkunan takaa kuului lasten haltioitunut nauru kreivi Gugguheimin avattua luukkunsa ja päästäessään ilmoille bravuurinsa, kykkyy, kykkyy.

AUKTORISOITU MUSEO-OPAS

Kesäkuinen perjantain aamu oli kolea. Räntää satoi taivaalta kylmän viiman säestyksellä. Lapsenlapsista Kolmonen oli vierailulla luonani. Päivän aktiviteetiksi valitsimme vierailun Amurin työläiskorttelimuseoon. Lippukassalta saimme mukaamme tehtävälapun, johon oli kuvattu esineitä eri huoneista. Ne meidän piti löytää kierroksen aikana. Vierestäni kuului tarmokas r-kirjaimen pärinä. Määräaika koitti ja Kolmonen pinkaisi edelläni intoa puhkuen. Ihmettelimme vanhoja helloja yhteiskeittiöissä, seiniä, jotka oli tapetoitu sanomalehdillä sekä lattioilla olevia petipaikkoja. Kerroin, kuinka sata vuotta sitten kodeissa ei ollut jääkaappia, televisiota, radiota, sähkövaloa eikä vesijohtoa.

– Täällä Imulissa on mukavaa, ilmoitti juuri museomaailmaan sukeltanut pikkumies. Tarkoittaen tietysti Amuria.

Lastenhuone leluineen innoitti tosi toimiin. Hienoa, että oli paikka, jossa sai koskea ja kokeilla. Vesiämpärin tarkoitus selvisi löytäessämme kaivon. Selitin, kuinka kaivosta nostettiin vettä. Onpas hankalaa, kuului kommentti. Vanha yhteissauna ja ulkovessa olivat ennennäkemättömiä laitoksia. Ikäisillemme arkipäivää varhaislapsuudesta.

– Kato, kottikällyt!

75

Kyseessä olivat lastenvaunut 50-luvulta. Juuri sen malliset, joissa makasin aikoinani.

Kierroksen aikana Kolmosen saama tehtävälappu täyttyi. Ruksi piirtyi miltei jokaisen kuvan alle. Viimeisen talon kohdalla Kolmonen heittäytyi oppaaksi perässä tulevalle perheelle. Pieni käsi viittilöi kohti vanhanajan maitokauppaa.

– Menkää tuosta lapusta niin pääsette maitokauppaan. Valovasti lappusissa! Me olemme edellä. Johdamme kiellosta. Ja minä olen löytänyt eniten vastauksia tehtäviin!

Näihin sanoihin mureni urani auktorisoituna museo-oppaana.

OMISTUSOIKEUS

Kurvasin vanhalla Nissanillani kuopukseni perheen omakotitalon pihaan. Kolme iloista veijaria ilmestyi terassille keikkumaan naamat virneessä. Ilmassa kaikui tervetuliaishuudot: Famu tuli, famu tuli! Raahasin eväskoria toisessa kädessäni ja lelukassia toisessa. Ei hätää, sillä avuliaat aatut ryntäsivät sukkasillaan apuun. Kaksoset riistivät toiveikkaina lelukassin ja voimansa äärimmilleen ponnistaen saivat sen kiskottua eteiseen. Isoveli tarttui eväskoriin ja teki silmämääräisen pikaratsian sen sisältöön.

– Äiti hei, famu toi Vainu-muroja!

Ryhmä Haun kuvalla varustetut murot ovat kovaa valuuttaa tämän poikatrion parissa.

Eteisessä kolmikon katseet kiinnittyvät samalla sekunnilla lelukassissa olevaan punaiseen radio-ohjattavaan autoon.

– Tää on mun!

He huudahtivat yhtä aikaa ja kuusi kättä tavoitteli autoa. Kaukana on vielä se päivä jolloin triolle valkenee, että omistusoikeuden siirtoon tarvitaan yleensä jokin maksuväline. Parhaassa tapauksessa kirjoitellaan kauppa- ja luovutuskirjoja, pantataan ja taataan ennen asian haltuun saantia. Trio hoiti asian konstailematta. Se saa, joka ensiksi ehtii ja maksuvälineeksi käy toteamus: Tää on mun.

Esikoinen voitti tämän kisan älyämällä ottaa auton kaukosäätimen haltuunsa. Toisaalta Kolmosen mieltä polttelivat eväskorin Vainu-murot. Hän oli mahdottoman tehtävän paineessa. Ei voi kahmia muroja ja samaan aikaan hallita punaisen auton kulkua. Pitkin hampain hän luovutti kaukosäätimen Älylle ja siirtyi murojen maailmaan. Murojen ateriointi kannatti suorittaa vikkelästi, ennen kuin ahdasmielinen aikuisväestö ehtii kieltää lystin sillä verukkeella, että iltaruoka on syötävä ensin.

Kaksoisveli Väläys ei katsonut hyvällä silmällä kaksoisveljensä Älyn ralliajelua. Hermothan siinä hajosivat. Hän puraisi auton ohjaajaa poskesta samalla kiskoen väkisin ohjauslaitteen itselleen. Ryöstetty osapuoli päästi ilmoille desibelimittaria ravistuttavan karjaisun.

– Ei saa ottaa toisen kädestä, sanoi perheen äiti rauhallisesti ja aloitti luultavasti päivän kymmenennet rauhanneuvottelut.

– Anna Väläys heti kaukosäädin takaisin Älylle.

Nyt vapisi myös Väläyksen alahuuli alkusoittona seuraavaan pettymyksen parkuun. Vastentahtoisesti hän luovutti ryöstösaaliin oikealle haltijalle. Katkerana Väläys ihmetteli, ettei puhe eikä omankäden oikeus toimi näissä haltuunottotilanteissa. Jatkona seurasi velvoite pyytää anteeksi. Syntipukki mutisee pahoittelunsa niiskuttaen ja halaa samalla velipoikaansa. Tässä talossa on päivittäin paljon anteeksiantoa.

Rauha laskeutui leikkijöiden ylle. Taustalla kuului vain muropaketin suunnalta iloinen rapina Kolmosen käyttäessä hyväkseen konfliktitilanteen antaman aikalisän Vainu-murojen herkutteluun.

MENU

Istun keittiön pöydän ääressä. Edessäni on pino keittokirjoja ja vieraslista. Ideoin merkkipäiväjuhlani noutopöydän tarjottavia. Aloitan muistelemalla kutsuttujen allergisuudet ja ruokarajoitteet. Kaksosista vanhempi saa pähkinöistä ja manteleista anafylaktisen reaktion. On tarkistettava huolella, ettei mikään tarjottava sisällä mainittuja, ellemme halua tarjota pikaisena jälkiruokana adrenaliinikynää. Saara-tädillä on katkarapu- ja kala-allergia. Hän aloittaa jo yleensä eteisessä mantransa. "Haiseeko täällä kalalle?" Noutopöydän valikoimien ääressä kysymys vaihtuu muotoon: "Eihän tässä vain ole katkarapuja?" Tiedustelu kuuluu, vaikka hän olisi leikkaamassa mansikkakakkua.

Useampi vieraista kärsii laktoosi-intoleranssista. Jos heille syöttää laktoosia sisältäviä tuotteita, niin hetken päästä juhlatila tyhjenee liukkaasti muista juhlijoista sisäilmaongelmien vuoksi.

Miehelläni oli keliakia. Onneksi se parani itsestään parin kuukauden potemisen jälkeen. Hän teki huomion, että pitopöytien antimet ovat vaatimattoman suppeat hänen kaltaisilleen. Mietin, olinko havannoinut jotain poikkeavaa miniöideni olemuksissa? Etteivät vaan olisi raskaina. Silloin pitäisi sulkea listerian vaara pois ja jättää herkkujuustot kauppaan. Veljen tytär on vegaani. Onneksi ei kuitenkaan jyrkemmästä päästä. Kananmunia ja kalaa saa syödä sekä nahkaisia kenkiä on lupa käyttää. Ystävättäristä kaikki ovat laihdutuskuurilla ja karppaajia. He nauttivat vain vähähiilihydraattisia tuotteita. Mieluimmin tietysti nollavolttisia. Enon diabetes on muistettava. Samoin kuin naapurin Elsan sappikivet. Lapsenlapset ovat yliherkkiä kaikille lajeille, jotka vähänkin muistuttavat oikeaa ruokaa ja pienimmät heistä ilmoittavat asian kantavalla äänellä. " Yök! En tukkaa". Äly, toinen kaksosista, sentään muistaa opetukset sinnepäin ja ilmoittaa: "Tämä ei ole minun makuja".

Tehtävä on haasteellinen. Järki on jättämäisillään pääparkani. Tässä vaiheessa haluan intohimoisesti takaisin ne ruskeat jauhopussit, joiden kylkeen joku oli kosmoskynällään raapaissut sisällön nimen, esimerkiksi KAURARYYNEJÄ. Kansakouluajoiltani muistan luokallamme olleen sokeritautia sairastavan tytön. Yhtäkään ruualle yliherkkää luokkatoveria ei ollut.

Mutisen litaniaani kauppakierrosta varten: Joutsenlipulla merkattuja, antibioottivapaita, laktoosittomia, gluteenittomia tuotteita joissa on mahdollisimman niukasti hiilihydraatteja ja joiden rasvaprosentti on mahdollisimman alhainen. Ihmettelen miten ja milloin tähän pisteeseen on tultu?

Ruskeiden jauhopussien muistikuva räjäyttää kuningasajatuksen aivoissani. Otan aimo harppauksen taaksepäin ja käytän niitä raaka-aineita, joita ihmiset sietävät ilman kiusallisia reaktioita? Mieleeni nousee jo unholaan vaipuneita ruokalajeja. Lipstikkakeitto, luusoppa, muikku- ja lanttukukko, silakkarullat, uunijuurekset ja ternimaito. Kahvipöydän herkuiksi perunapohjaista mustikkapiirakkaa, tiikerikakkua, köyhiä ritareita

ja omatekoista mansikkahilloa. Lapsien iloksi valmistan nekku-
ja. Aikuisväestön mielipiteitä ruokalistan suhteen pehmennän
alkuun tarjottavalla kovalla teellä.

RAMMSTEIN

Elokuussa Ratinan stadionilla huumaannuttiin metalliyhtye Rammsteinin teknomusiikista. Konsertin 32 000 lippua oli loppuunmyyty kymmenessä minuutissa.

Uteliaisuus sai minut nousemaan tekonivelleikkauksen jälkeiseltä toipilasvuoteeltani. Laahauduin punaisessa Marimekon unikkomekossani keppieni kanssa kohti suvannon " köyhien katsomoa."

Rannalla ymmärsin käsittäneeni pukukoodin väärin. Kaikilla muilla oli mustat vaatteet. Hiusvärinikin olisi pitänyt olla keltainen tai sininen. Polvessani komeilevat hakaset olisivat käyneet lävistyksistä, mutta ne olivat auttamattomasti väärässä paikassa.

Tientukkeeksi ilmaantuivat kaksi puskapissalla olevaa miestä. Tein täyskäännöksen törmätäkseni seuraavaan salapissijään Metsätalon pääsisäänkäynnin kukkalaatikolla. Häveliäälle jäi vielä kaksi ilmansuuntaa valittavaksi. Saatoin kävellä ajotielle kokemaan yhteentörmäyksen liikennelaitoksen bussin kanssa tai heittäytyä päin Metsätalon tiiliseinää.

Rammsteinin lavarekvisiittana käyttämä vaahtoava tekopippeli jäi näkemättä.

RETROROUVA

Kun on hopeaa hiuksissa ja kultaa hampaissa, niin tuppaa olemaan lyijyä kintuissa.

Lompakossani on tukku eläkeläiskortteja. Kertaakaan kukaan ei ole tarkistanut oikeuttani alennuksiin. Epäkohteliasta. Olenko vanha? Jos olen, niin pahinta kysymyksessä on, etten itse ymmärrä ikävuosiani. Pitäisi muutamasta vihjeestä tajuta asia. Kaltaisiani eivät koske samat pelisäännöt kuin kymmenen vuotta sitten.

En ole enää mukana työelämän tuottavissa rattaissa nostamassa Suomea suosta. Tuskin kukaan järjissään oleva työnantaja edes haluaisi minua palvelukseensa. Arvaavat, että tältä naispoloiselta kuluu kaksi tuntia aamuisin käynnistyäkseen uuteen, haastavaan päivään. Kaikki toimeni kestävät kauemmin tai kellon viisarit liikkuvat liukkaammin nykyisin. Kahvinkeitto, lehdenluku ja taistelu sukkahousujen ylle saamiseksi vaativat aikansa.

Asumismuodoksi minulle tarjotaan seniorikotia tai palvelutaloa. Niissä on erinomaiset ergonomiset ratkaisut, taattu esteettömyys ja seinät ovat täynnä kahvoja ja kaiteita tuen saamiseksi. Ainoa, mistä tuki puuttuu on asunnon hinta.

Harrastuspuolella ikä tuo saman senioriliitteen toimintaa kuvaavan sanan eteen. Enää en ole golfari vaan seniorigolfari. Käyn seniorimatkoilla. Minulle suositellaan lapsivapaita hotelleja. Tavallisiin discoihin en ole enää päässyt sisään tai en ole kehdannut mennä. Kesäni kohokohta on kun Rautalanka rantautuu Viikinsaareen. The Sounds yhtyeen kitaristi Bobi Söderblom saa kitarallaan ja koreografiallaan minut ylittämään polviniveľteni kantakyvyn rokatessani.

Työelämän edustajat, harrasteiden tarjoajat ja viihdeelämän mogulit ovat lokeroineet minut vanhaksi. Julkinen terveydenhuolto suorittaa saman asian hieman hienovaraisemmin. Kutsuja erinäisiin tarkistuksiin rapsahtelee kuin turkin hihasta. Olemukseni on vakiokamaa Fimlabin sinisellä kernipenkillä. Viime viikolla jännitin kolesteroliarvojen ja kilpirauhaskokeen vuoksi. Sitä edeltäneellä viikolla tissini litistettiin lätyiksi mammografiassa. Tämän ikäinen on jatkuvan tarkkailun alainen.

Poikani eivät tohdi olla suuremmin ikärasisteja. Syykin on selvä. Famu-kortti on kova sana akuuteissa lastenhoitopalvelujen tarpeessa. Mikään tai kukaan ei ole niin viisas kuin insinööri. Minulla niitä sattuu olemaan kaksin kappalein.

Vietin hiljaisen hetken pohtien vanhenemistani. Itse asiassa mökötin pari päivää masentuneena haikaillen kadonnutta nuoruuttani. Syvällisen itsetutkistelun jälkeen lohduttauduin geriatri Jaakko Valvanteen ajatuksilla. Hän tutki yli satavuotiaiden pitkän elämän salaisuutta ja etsi yhdistäviä tekijöitä. Yllätys, yllätys, niitä ei löytynyt ruokailutottumuksista, liikuntaharrastuksista, työn laadusta eikä elämäntavoista. Sen sijaan nämä ikikannot olivat lupsakkaita, huumorintajuisia ja uteliaita. Siis vitsipää edellä tulevaisuuteen.

YESTERDAY

Yesterday. All my troubles seemed so far away.
Now it looks as tough they're here to stay.
Oh, I believe in yesterday.

Hulvattoman 1960-luvun Nuoruus vei mennessään kukkais-lapset ja vaatekoon 38 rautalankamusiikin säestyksellä. Se oli sillä lailla kavala ja ovela, ettei se häipynyt kertarysäyksellä korkokengät kopisten. Ei, sillä on tapana hiipiä takavasemmal-le hiljaisin, lyhyin askelin. Kaiken kukkuraksi viedessään jonkin oleellisen taidon tai ominaisuuden, se reiluuttaan antaa vasta-lahjaksi asioita, joita en koskaan edes älynnyt tilata.

Halusinko päälle kaksikymppisenä vaatekoon 38 tilalle jenkkakahvat? En muistaakseni halunnut. Tuossa kupeillani sellaiset kuitenkin sitkeästi sijaitsevat.

Päälle kolmikymppisenä kuopukseni koliikin ja korvatuleh-duskierteiden kestäneenä järjissäni Nuoruus palkitsi minut mojovilla, tummilla silmäpusseilla. Siitä ei ehditty edetä mon-taakaan vuotta eteenpäin kun Nuoruus päätti säätää vähän näkökykyäni. Rillit nenän päälle keikkumaan loppuiäksi, jos on aikomus vähänkään seurata maailman menoa. Näön lisäksi häipyi myös ulkonäkö. Toki Nuoruus antoi vastalahjana ilme-ryppyjä ja harmaita hiuksia.

Arviolta 20 000 valmistamaani ateriaa näkyvät tänä päivä-nä ikävästi lääkäreiden pelottelemana keskivartalolihavuute-na. Tälle seuraukselle Nuoruus vain tirskahtelee hilpeästi väit-täessäni kylpyhuoneeni vaakaa valepukiksi.

Kun syntymäpäiväkakussa oli 50 kynttilää koristeena, saatoin myöntää, ettei jalkani enää nousseet entiseen malliin kepeästi. Kahden polven tähystysleikkauksien jälkeen ortopedi ehdottelee tekoniveltä ja Nuoruus lupaa kiidättää rollaattorin avuksi.

Virallisen eläkeiän saavutettuani Nuoruus hyökkäsi ikävästi muistini hapertuvan kovalevyn ja pätkivien piuhojen kimppuun. Tiedätte tunteen, kun pitäisi seurueessa briljeerata ja kertoa muille juuri lukemasi kirjan kirjoittajan nimen, niin aivoissa lyö tyhjää ja suusta kuuluu se kuuluisa ÖÖÖ. Puolustaudut ja kerrot, että asia on ihan kielen päällä. Niin, siinä samassa kasassa kuin moni muukin asia, joka ei suostu tulemaan ymmärrettävässä muodossa kielen päältä ulos. Tähän ongelmaan Nuoruus ei ole edes vaivautunut antamaan hyvitystä. Ihan on itse pitänyt laatia muistisääntöjä, pitää tavarat niillä paikoilla, joihin tulit ne tällänneeksi kymmenen vuotta sitten ja varmistaa muistikapasiteetin riittäminen keltaisilla tarralapuilla.

Lienee sekin Nuoruuden metkuja, että tanssiravintolat on varmuuden vuoksi lopetettu. Olisihan mahdollista, että vanhat hömelöt lähtisivät joukolla liikkeelle pistämään jalalla koreasti. Pubeihin on minunkin luvallista mennä. Niissä pitää kuitenkin osata käyttäytyä. Ei pidä missään nimessä heittäytyä sosiaaliseksi ja alustaa keskustelun poikasta jonkun ventovieraan kanssa, vaan istua hiljaa paikallaan räpläten älypuhelinta, kuten kaikki muutkin paikalla olijat.

Kuulun tamperelaiseen EN-ryhmään. Kaltaiseni Nuoruuden runtelemat yksilöt kokoontuvat eri puolella kaupunkia esteettömän sisäänkäynnin omaavissa paikoissa. Keskustelemme ja suunnittelemme aktiviteetteja eri elämänalueilta, kuten retkistä, kulttuuritapahtumista, luennoista ja vingumme maahamme vanhusasiamiestä. Lyhenne EN tulee sanoista Entiset Nuoret. Mottomme on: Älä vanhene yksin.

Ps. EN-ryhmällä on myös disco iltoja. Sitä ei saa kuitenkaan kertoa Nuoruudelle, ettei innostu pöllimään niitäkin meiltä pois.

LOISTORISTEILY

Armoton ostoshimo oli saanut minut ja ystävättäreni valtoihinsa. Tutkimme laivayhtiöiden tarjousvalikoimaa siirtyäksemme lahden toiselle puolelle Tallinnaan sammuttamaan kulutushysteriaamme. Silmiimme osui Matkamatamien mainos. Päiväristeily Tallinnaan. Linja-autokuljetus Tampereelta. Hinta 17.90.

– Tämähän on juuri meille räätälöity vaihtoehto, minä sanoin ja jatkoin: Linja-auto tulee mukaan Tallinnaan. Siellä saamme tyhjät laukkumme täytettäviksi. Palautamme ne täytettyinä tuntia ennen laivan lähtöä bussin tavaratilaan. Miten nerokasta! Vältymme tavaroiden kantamiselta.

– Niin ja pääsemme bussin kyydissä laivasta ulos. Meidän ei tarvitse jonotella kamalassa tungoksessa. Tämän helpommaksi tätä asiaa ei voi enää räätälöidä, jatkoi ystävätär.

Syyskuisena keskiviikon aamuna seisoimme Tampereen linja-autoasemalla aamuvarhaisella. 50 muutakin eläkeläistä oli päättänyt lähteä matkaan samaisena päivänä. Viimeisinä kurvasi paikalle neljän hengen seurue invatakseilla. Toisen pariskunnan miestä tuotiin pyörätuolilla. Melkoisen ähellyksen, työntämisen ja vetämisen tuloksena pyörätuolimies saatiin bussiin sisälle.

Katajanokan terminaalin edessä kuljettaja kuulutti hakevansa maihinnousukorttimme ja pyysi matkustajien odottavan paikoillaan. Ihmise istuivat kuuliaisesti annetun ohjeen mukaan, paitsi pyörätuolimiehen vaimo hoksasi hetkensä koittaneen. Siippa sai komennon nousta penkistään ja astua ulos autosta. Aviomies totteli ohjeistusta. Hän pääsi käytävälle asti, kunnes voimat ehtyivät ja mies vajosi käytävälle tukkien ulosmenotien.

— Onko täällä yhtään palomiestä paikalla? Huuteli voipuneen vaimo.

— Kyllä minun mieheni kotona vielä käveli, vaikka onkin puoliksi halvaantunut, rouva jatkoi.

Palomiestä, eikä muutakaan apua ollut saatavilla. Rouva soitti hätänumeroon ja aloitti neuvonpidon ensiapuhenkilöstön kanssa.

Kuljettaja palasi lippuineen. Totesi tapahtuneen ja alkoi pelastamaan, mitä pelastettavissa oli.

Takaovi auki, matkustajat sitä kautta ulos. Maihinnousukortit jakoon ja kehotus matkalaisille:

— Juoskaa laivaan, niin ehditte.

Laiva irtosi laiturista. Kahvion ikkunasta meitä kohtasi tyrmistyttävä näky. Bussimme seisoi edelleen parkkipaikalla vieressään ambulanssi. Totesimme, että ostoslaukut jäivät Helsinkiin.

Tallinnan satamassa ei tietenkään meidän bussia näkynyt, saati sitten laukkuja. Siinä seisoi viisikymmentä laukutonta suomalaista. Seitsemän tunnin reissaaminen oli tuottanut laihan tuloksen. Tavarattomat tamperelaiset turistit olivat jumissa Tallinnan satamassa.

Kuljettajat saivat ohjeistusta Helsingistä. Ensimmäinen lupasi ottaa kyytiinsä matkalaisten ennakkotilaukset. Toinen puolestaan lupasi vastaanottaa matkalaisten maista tekemät ostokset. Paluun laivamatkan aikana he lupasivat siirtää tavaramme oikeaan bussiin.

Osa ongelmista oli ratkaistu. Nyt piti löytää laukku ostoksia varten. Niiltä jalansijoilta lauma naisia ryntäsi Sadamarketin laukkukauppaan. Venäläinen laukkukauppias ei ollut uskoa silmiään ja onneaan kun kaksikymmentä naisihmistä tyhjensi hänen laukkuvarastonsa kymmenessä minuutissa euroakaan tinkimättä.

Paluumatkalla kuulimme pettyneiden kanssamatkustajien jupinaa. Pyörätuolimiehen tomera, komenteleva vaimo kuuli kunniansa. Kohde ei ollut palautetta kuulemassa, koska nämä sitkeät sissit olivat jatkaneet matkaansa invataksin ja toisen laivan turvin ja jääneet Tallinnaan.

Edessäni istunut mies kääntyi puoleemme ja sanoi:

– Ihan pieleen meni koko reissu. Minä en ostanut kuin tämän.

Samalla hän näytti puoliksi juotua Mojito pulloaan.

– Otatko ryypyn? Hän kysyi.

– Ihan varmasti otan. Kippis ja kiitos!

EI MINUN NUORUUDESSANI

Lapsuudessani ei puhuttu ruokahävikistä. Korkeintaan saatoimme pohtia asiaa toisin päin ja ihmetellä, minne meidän lautasille tarkoitettu ruoka oli kadonnut. Luultavasti 1950-luvun alkupuolella ravintomme matkusti sotakorvausjunissa parempiin suihin itärajan taakse. Lautasmalli ja ravintoympyrä olivat myös tuntemattomia käsitteitä. Kansakoulun ruokatunnilla nenän eteen lyötiin pyöreä emalikuppi. Siihen opettaja kauhoi oppilaiden luokkaan kantamasta ämpäristä päivän ruoka-annoksen. Yleensä tarjolla oli velliä, puuroa tai keittoa. Jos jotakuta tarjonta ei miellyttänyt, niin ruokahalua kiihotettiin komennolla: Syö tai itket ja syöt.

Tämän päivän koululainen arpoo ateriavalintaansa monien vaihtoehtojen välillä. Tarjolla on pasta-aterioita, pizzoja ja tortilloja. Lisukkeena lajikkeita notkuva salaattilinjasto. Kasvisvaihtoehto on aina tarjolla ja eri yliherkkyydet on huomioitu. Tällaisista lajikkeita ja runsaudesta emme olleet kuulleetkaan. Todennäköisesti koulumme keittäjältä olisi mennyt järki, jos joku olisi ymmärtänyt tiedustella pastapäivän ajankohtaa.

Saimme valita suosikkimme mannapuuron tai "räkävellin" = maitokiisselin väliltä. Jälkimmäisen annoksen kruunasi puolukkasurvos. Marjat olimme tietysti itse poimineet ja toimittaneet koulun keittolaan.

Lähiruuan suhteen ympyrä alkaa sulkeutumaan. Kouluvuosieni aikana kodeissa ei juuri kenelläkään ollut kylmälaitteita. Kierron oli säilyvyyden kannalta parasta olla salamannopeaa. Kauppiaat möivät lähitilojen tuotteita. Tosin lihat kulkivat teurastamolta kauppaan, maitotuotteet meijerin ja viljatuotteet leipomon kautta.

En ole aivan varma siitä, olenko varttunut luomuruuan voimalla. Itse kukin aikalaiseni on taatusti nauttinut annoksen DDT:tä aamupuuronsa lisäravinteena. Se oli pitkän tähtäimen sisäisesti nautittu torjuntavoitto. Syöpäläisongelmista en ole kärsinyt ikinä.

AMERIIKAT KÄYNYT IHMINEN

Eilen hortoilin hintojen halpuutusten ja bonusten innoittamana erääseen nimeltä mainitsemattoman tamperelaisen tavaratalon ruokaosastolle.

Ostoskärryyni kertyi nopsasti tarvitsemani tavarat. Ensimmäisen takaiskun koin silmäillessäni kassajonoja. Vähintään 20 hengen letka joka luukulle. Jäin norkoilemaan vuoroani. Tovin jos toisenkin jälkeen lähestyin kassalinjastoa. Huomasin odottavani pääsyä itsepalvelukassalle.

– Voi hyvät hyssykät, miten tuosta selviän?

Rohkeampi minäni kannusti:

– Noo, kyllä "Ameriikat" käynyt ihminen selättää tuon tilanteen helposti. Eihän se voi olla sen kummallisempaa kuin Blacksburgin Wall-Smartilla.

Vuoroni koitti. Katseeni etsi kuumeisesti lukijalaitetta. Turhaan huidoin purjosipuli kourassani kuin Santtu Matias Rouvali Tampereen filharmonikkoja johtaessaan. Kone ei pihahtanutkaan. Sen sijaan olkani takaa kuului syviä huokauksia. Viimein älysin, että lukija on aparaatin alapohjassa.

Vilauttelin vilkkaasti ostoksiani ja kone piippasi kiitokseksi. Takana olevat asiakkaat miltei hymyilivät.

Painoin namikkaa maksaakseni. Kone sekosi moisesta yltiöpäisyydestä ja alkoi höpöttämään:

–Nosta kaikki tavarat tasolle. Nosta kaikki tavarat tasolle. Nosta kaikki tavarat tasolle.....

Kuudennella toistolla tajusin, että olin nostanut wc-paperirullat tilanpuutteen vuoksi suoraan kärryyn. Vaaka vaati, että ostosten yhteissumma vastaa niiden painoa. Olkapääni takana tunnelmat muuttuivat taas huokailtavan masentuneiksi. Taitavasti asetin rullapaketin tasolle tavarapyramidin huipulle. Bonuskortti, pankkikortti, tunnusluku ja katso ihmettä, homma oli hoidettu. Paitsi juuri samalla hetkellä tajusin, ettei minulla ollut kassia.

Aloitin alusta. Kone ei suostunut yhteistyöhön, koska ostokseni olivat edelleen tasolla. En voinut aloittaa uutta maksutapahtumaa, koska vanha oli kesken. Painoin paniikkinappulaa eli kutsuin henkilökunnan edustajan selvittämään konfliktiani koneen kanssa. Herttaisesti hymyilevä naisihminen otti tilanteen haltuunsa. Hän olikin ainoa koko kaupassa joka enää hymyili.

– Laita ostokset ensin muovikassiin. Ota sitten uusi muovipussi ja käytä sitä viivakoodinlukijassa.

Tein työtä käskettyä. Piip! Bonuskortti, pankkikortti ja tunnusluku. Valmista tuli. Maksu 18 senttiä oli veloitettu tililtäni.

Ihmismassa takanani antoi miltei aplodit kätevälle emännälle. Poistuin korvat luimussa, katse maahan luotuna ja henkisesti romuttuneena. Vannoin, etten ikinä palaa vihreän korttini kanssa kauhukassalle.

SUKKAMUMMO

Televisio suoltaa uutisvirtaansa. Istuin lempipaikallani television edessä laiskanlinnassani. Seuraan toisella silmällä uutisvirtaa. Pääaskareenani on silmukoiden luonti villasukkaa varten. Aloitan urakkani aina keväällä. Lapsenlapsia on viisi. Syksyyn mennessä pitää olla ainakin yksi sukkapari jokaiselle. Tosin kaksosista nuorempi, Väläys, ilmoitti, että heillä on jo villasukkia. Hän todennäköisesti vihjaisi, että parempiakin tuliaisia on nähty kuin sukkapari. Isommat lapset jo tietävät villasukkien loistavat luisto-ominaisuudet. Vanhempien vastustuksesta huolimatta he kiitävät pitkin parkettia vinhaa vauhtia sukillaan. Varoittavana esimerkkinä kerron lapsille tarinaa tuntemastani papista, joka pystyi kaatumaan kotonaan liukastuttuaan villasukillaan lattialla. Tämän huimapäisyyden palkaksi hän sai murtuneet kylkiluut.

Kutomani sukat ovat levotonta laatua ja tuppaavat herkästi katoamaan. Teen vielä jonain päivänä ratsian koulun ja päiväkodin löytötavaralaatikoille. Olen vakuuttunut, että tulen löytämään niistä useamman kätteni taikoman neuletyön. Koska sukat ja lapaset ehtivät katoamaan ennen puhki kulumistaan, niin en ole koskaan joutunut niitä parsimaan. Luultavasti entinen presidenttimme Mauno Koivisto on viimeinen henkilö, joka on julkisesti tunnustanut käyttäneensä parsittuja villasukkia. Omassa lapsuudessani parsiminen oli opittu, jalo taito. Monilapsisen perheen kuopuksen sukat saattoivat olla huvittava näky, kun paikkaa oli paikan päällä.

Sukkamummon meriitteihin kuuluu, että olen kutonut viimeisen kahdentoista vuoden aikana arviolta sata paria sukkia ja siihen vielä lapaset kaupan päälle. Luulisi, että ikääntyvän ihmisen tulosodotukset loivenisivat ajan myötä. Mitä vielä, kohderyhmän jalat kasvavat ja oma näkökyky heikkenee. Kaiken huipuksi nykylangat ovat jotenkin tahmeampia.

VÄRISOKEA

Silmäilin sisustuslehteä. Katseeni kiinnittyi kuvaan olohuoneesta, jonka yksi seinä oli maalattu petrolinvihreällä. Toistaa seinää koristi ryijy. Ruskea nahkasohvaa vastapäätä oli metallisilla hyllynkannattimilla varustettu teakpuinen kirjahylly. Keittiön yleisilmettä piristi oranssi ruokailuryhmä. Käänsin lehden kansisivun esiin ja tarkistin aviisin painovuoden. Lehti oli tuore ja sanoma minulle selkeä.

1970-luvun värijuhla taitaa tehdä paluuta suomalaisiin koteihin. Juuri kun olin viimeisen kymmenen vuoden aikana saanut asuntoni minimalistisen koruttomaksi ja värimaailman olemattoman mustavalkoiseksi. Kaiken kukkuraksi minä hätähousu olen hävittänyt kaikki suurikuosiset tekstiilini ja riemunkirjavat muovikipponi. Vähemmästäkin ihminen harmistuu. Reilun kymmenen vuoden värisokeus alkaa kuitenkin väistymään.

Mieleeni muistui omat pukeutumis- ja sisustusratkaisuni 50 vuoden takaa. Vaatevarastooni kuuluivat silloin vakiovarusteina microsortsit ja minihame. Jälkimmäistä vaatekappaletta vanhempi väestö kutsui ilkeämielisesti roiskeläpäksi. Lyhyen helman vastapainoksi puin ylleni tekomokkaisen, nilkkoihin asti ylettyneen maxitakin. Kirkuvan vihreä baskeri kruunasi asukomeuden. Näin tyylikkäänä etenin tolppakorkokengissäni jyväskyläläisessä katukuvassa. Kesäaikaan koin täydellisen värikylvyn. Kesämekoissani oli suuret, graafiset kuviot ja psykedeelinen värimaailma. Marjatta Metsovaaran ja Marimekon Armi Ratian lanseeraamat tuotteet räjäyttivät muotimaailman ihan uusiin ulottuvuuksiin.Kesä mekkojen katseenvangitsijoina toimivat ylisuuret kaulukset. Miestenmuotiakin uudistuksen tuulet ravistelivat. Sammaleenvihreät tai ruskeat, leveälahkeiset samettihousut ja värikkäät suurikauluksiset paidat tekivät lähtemättömän vaikutuksen vastakkaiseen sukupuoleen. Älykköpojan tunnisti Marimekon Jokapoika-paidasta.

Vanhat gobeliiniset seinävaatteet saivat kyytiä kotien koristeina. Samalla roskalavalle joutivat kokopuiset huonekalut. Uusi ilme seiniin luotiin maalaamalla ne iloisen värisiksi. Keltainen, oranssi ja vihreä olivat sisustamisen värimaailman aatelia. Huonekaluteollisuus osallistui näihin uudistustalkoisiin. Kärkijoukoissa Eero Aarnio ja Risto-Matti Ratia kirkasvärisillä muovihuonekaluillaan. Oli se yhtä juhlaa, kun joka paikassa sai käyttää muovia. Nykyisin kun kaupan muovipussiakin pitää käyttää salaa.

Tampere kunnostautui tässä värivallankumouksessa kiitettävästi. Hatanpäällä sijainnut Sarviksen tehdas syyti värikylläisiä muoviastioita haltioituneelle ostajakunnalle. Tänä päivänä parjattu muovi on Sarviksen astioiden muodossa himoittu keräilykohde. Lapinniemen Tampellassa koneet jyskyttivät tauotta. Muotoilija Timo Sarpaneva keksi, patentoi ja valmistutti Ambiente - kankaat maailman iloksi. Näitä liukuväri tekniikalla painettuja kankaita käytettiin vaateteollisuuden suosittuina materiaaleina ja verho- ja sisustuskankaina. Osallistuin nuorena rouvana riemulla ajan hengen mukaisiin suuntauksiin. Helsingin Eirassa sijainneen asuntomme keittiönkaappien ovet joutuivat uudistusvimmani kohteiksi. Maalata hujautin ne kirkkaan sinisiksi. Siinä rytäkässä kaappien alla oleva työtaso muuttui sinipilkulliseksi. Ajan hengen mukaan huonekaluja myös "tuunattiin" itse. Vaneriset juustolaatikot saivat punavärin yllensä ja muuttuivat muodikkaiksi tasoiksi olohuoneeseen. Paria vuotta myöhemmin esikoistani odottaessani, maalasin vanhan pinnasängyn papukaijan vihreäksi. Älä lapseni kysy, mitä se maali sisälsi. Luultavasti kaikki mahdolliset oireesi johtuvat noista siveltimen vedoista.

TILASTOHARHA

Minä se olen. Siis yksi heistä, jotka saivat vakuutusmatemaatikot, poliittiset päättäjät ja osin koko yhteiskuntamme sekaisin. Me suurten ikäluokkien jälkeen syntyneet emme suostuneetkaan kuolla kupsahtamaan elinikäennusteiden määräämässä tahdissa. Meistä oli varoitettu kansalaisten eliniän noustessa ja syntyvyyden laskiessa, ettei siitä hyvää seuraa. Puhuivat vääristyneestä ikäjakaumasta. Nyt se on totta. Tänä vuonna 2050 Suomessa piti olla n. 6 milj. asukasta, joista yli 65-vuotiaita reilu neljännes. Me yllätimme ja meitä senioreita onkin miltei puolet väestöstä.

Siinä vaiheessa kun työ - ja kansaneläkkeiden määrästä napattiin puolet pois oli aika istahtaa ajattelemaan heiveröistä tulotasoani. Möin kaupunkikaksioni pois. Ostin palan maata ja lehmän Siuntiosta. Siinäpä minulle sosiaaliturvaa. Myönnän, ettei oma älyni olisi yltänyt tähän nerokkuuteen. Onnekseni muistin mummoni äidin , Amandan. Hän rahoitti leskenpäivänsä juuri näin.

Ikävuosissani satanen meni rikki jo muutama hetki sitten. Sote-uudistajien mielestä tilanne on vähintäänkin kiusallinen.

Kaltaisiani kantturoita on täällä Siuntiossakin satamäärin. Yhteistyö ja eläminen sujuu varsin mallikkaasti. Oli oikea lottovoitto hivuttautua tänne vanhaan maitopitäjään ja päästä mukaan luonnonmukaisen tuotannon tekijäksi. Tuotteemme viedään käsistä. Kukaan tässä maassa ei halua kuin luomuruokaa. Taakse jäivät egyptiläiset puuporkkanat ja brasilialainen, stressaantunut pihviliha. Vaihtokauppa kukoistaa ja naapuriapuun voi luottaa. Kohta eläkkeelle jäävä, 74-vuotias poikanikin on varsin kiinnostunut jatkamaan mamman valitsemalla tiellä. Amandan oppien mukaan vaalin lehmääni Fiiniä. Lauleskelen lypsäessäni CCR:n hittikappaletta Proud Maryä. Maitoa suihkuaa ämpäritolkulla. Lisäksi minulla on kaistale rukiille, mittava perunapelto ja tietysti kasvatan juurekset myös itse. Pihapiirissä kasvavat omena, - päärynä- ja kriikunapuut. Lehmän, kanat ja viljelykset kun hoidan, niin kiirettä pitää ehtiäkseni rohmuamaan metsien marja-aarteet talteen. Hyvää hyötyliikuntaa. Eipä ole ollut univaikeuksia eikä terveys- ongelmia. Päivittäiseksi eliksiiriksi riittää pakuripahkatee. Satunnaisiin kolotuksiin tepsii kuusenkerkkäuute tai muurahaislinjamentti. Aina ennenkin ne ovat tehonneet. Perunapuuroon uskon kuin vuoreen. Sillä on siuntiolaiset varttuneet kunnon kansalaisiksi kautta vuosisatojen. Kovasti on ollut muutoksenpoikasta viime vuosikymmeninä. Arvattavissa oli, että EU meni nurin. Espanja, Kreikka ja taannoinen veroparatiisi Kypros kipristelevät edelleenkin velkojensa kanssa. Venäläiset kaipaavat Kyprokselle sijoittamiaan varoja.Parempi kun jatkavat sillä suunnalla ja jättävät tämän Porkkalan luomuparatiisin rauhaan.

Markka saatiin takaisin. Sillä nyt ei suurta vaikutusta ole. Rahaa tuskin tulee fyysisesti liikuteltua. Emme enää kadehdi ruotsalaisia saatuamme maan kuninkaaksi Aaro I:n. Monarkiamme kulttuurielämää virkistää äitinsä Jenni. Samalla saimme Kansallismuseon Väinö I:n valtaistuimen vihoviimein hyötykäyttöön.

Talvisin pelaamme marjapussia, laulamme karaokea ja kerromme toisillemme uskomattomia tarinoita sotien jälkeisistä ruuhkavuosista. Saatamme naukkaista paloviinaryypytkin siinä lomassa.

Kesällä ei ole aikaa joutavuuksiin. Saunan jälkeen kuuntelen siuntiolaisessa suvi-illassa käen kukuntaa. Eläkeyhtiön harmiksi se kukkuu minulle tulevia vuosia.

JÄLKISANAT

Varhaislapsuuteni oli varsin tapahtumarikas. Asuinpaikat vaihtuivat tiuhaa tahtia. Välillä piti vaihtaa myös kieltä. Lähtemättömän vaikutuksen teki kotini Mannerheimintiellä. Tule vielä mukaani ja koe Helsingin pääkatu sellaisena kuin se oli 1950-luvulla.

MANNERHEIMINTIE

Ylitän kadun Lasipalatsin kulman kohdalla ja suuntaan askeleeni kohti Sokosta. Liikennevalot välkkyvät, raitiovaunut odottavat asemissaan päästäkseen jatkamaan ikuista kiertokulkuaan. Autot ovat ruuhkauttaneet kaikki kaistat täyteen. Ajatuksissani kuvat vaihtuvat kuin Helsingin kaupungin museon Signe Branderin valokuvanäyttelyssä Helsinki ennen ja nyt. Vipua kääntämällä voit vaihtaa maiseman haluamallesi vuosikymmenelle. Minä vaihdan muistikuvani 1950-luvulle.

Lasipalatsi valmistui vuonna 1936. Aikalaisten arvio tästä ydinkeskustan helmestä oli tyrmäävä. Rakennusta pidettiin arveluttavana ellei peräti rumana. Keskellä Mannerheimintietä liikennepoliisi seisoi korokkeellaan ja ohjasi käsimerkein pääkaupunkilaisten menoa. Kimakat pillin vihellyksen äänet säestivät taitavia kädenliikkeitä. Sokoksen tavaratalo tyrmäsi suuruudellaan lapsenmieleni. Rakennuksen kulmaikkunassa majaili joulukuussa maailman rumin ja pelottavin joulupukki. Harkitsin jopa ylenmääräisen tuhmuuden osoittamista välttyäkseni rumiluksen kohtaamista kotonani aattoiltana. Aikuisena kuulin, että kyseinen pukki oli kotoisin Linnanmäen Peikkotalosta.

Raitiovaunujen kiskojen kirskunta jatkui samanlaisena vuosikymmenestä toiseen ja loi kotoisan tunnelman turvallisella kolkkeellaan. Näin mummoni lipuvan raitiovaunun rahastajan paikalla tummansinisessä, kiiltävänappisessa virkapuvussaan. Hänen hiuksiaan peitti liikennelaitoksen kokardilla varustettu lippalakki. Kuulin mielessäni hänen kehotuksensa matkustajille: Käytävällä eteenpäin. Stig framåt på gången.

Kolmannen risteyksen kulman täytti Pääpostin talo. Kulmalleen se oli saanut kukkakauppiaan markiisikattoiset kärryt ja toiselle seinustalle lehtikärryt päivän sanomalehtineen. Rakennus on kaksi vuotta Lasipalatsia nuorempi. Farbror Janne työskenteli esimiesasemassa Postissa sanomalehtiosaston päällikkönä. Aateluus velvoittaa, ajatteli Janne aamuisin hypätessään tuolin päältä housuihinsa varjellakseen housujensa prässejä.

Postin vieressä olivat vanhat makasiinirakennukset rautatien läheisyydessä. Kiasma ei ollut edes ajatuksen asteella, ja Marsalkka Mannerheimkin sai patsaansa vasta vuonna 1960. Kadun toisella puolella seisoi Eduskuntatalo mahtipontisena. Naapurikseen se oli saanut Kansallismuseon. Jälkimmäinen kuului kestosuosikkeihini. Vierailin siellä usein mummoni kanssa. Erityisesti mieltäni kiehtoi Hessenin prinssi Friedrich Karlille valmistettu valtaistuin. Ajatella, jos Suomessa olisi kuningas.

Helsinkiläiset kiiruhtivat tyylikkäinä kukin taholleen. Naiset kävelypuvuissaan tai kesäleningeissään helmat heiluen. Asusteinaan heillä oli usein hansikkaat, hattu ja käsilaukku. Kesäpukuiset miehet kuljettivat asiakirjojaan ja tavaroitaan nahkaisissa salkuissa. Auringonsuojan antoi päässä oleva olkihattu. Aseman kengänkiillottajapojat huolehtivat, että miehillä jalkineet pysyivät kunnossa ja niiden nahka kiilsi. Näissä maisemissa ulkoilutin usein punaisissa nukenvaunuissani nukkeani Margaretaa. Ylläni oli moster Elsan ompelema leninki. Jaloissani polvisukat ja kangastossut. Piikkisuoria hiuksiani koristi

105

komea silkkirusetti. Useimmilla oli kotona ommellut vaatepar-ret yllään. Sotien jälkeen niukkuus ja luovuus kukoistivat kil-van. Vanhoja vaatteita ratkottiin, käänneltiin ja väänneltiin uuteen uskoon. Tavaroiden tuonti maahan sujui nihkeästi ja vienti suuntautui sotakorvauksina itärajan taakse.

Vaaleanpunaisen Hakasalmen huvilan kohdalta alkoi ruu-supensaiden ketju, joka erotti Mannerheimintien Töölönlah-den puistikosta. Aniliininpunaiset ruusut levittivät huumaavaa tuoksuaan. Aurora Karamzinin entinen koti toimi Helsingin kaupungin museona. Lahti oli asutettu sorsien ja joutsenten toimesta. Leivänpaloja linnuille heittäessäni sain aikamoisen liikekannallepanon aikaiseksi. Joutsenet pitivät asemastaan kiinni ja ajoivat sorsat loitommalle. Kalalokit pyrähtivät ilma-hyökkäyksineen kaksintaistelujen sekaan. Sadun Ruma ankan-poikasen kuulleena olin puolueellinen pullanheittäjä. Yritin kiihkeästi tyydyttää kaikkein pienimpien sorsien ruokahalua. Itse sadusta en selvinnyt kuivin silmin kertaakaan.

Taivalsin usein tätä reittiä seuranani yleensä mummoni Ka-rin. Ohitimme Messuhallin, jonka ikkunoissa oli esillä viimei-simmät keksinnöt ja muotiluomukset. Seuraavassa korttelissa, kadun toisella puolella oli muistorikas talo, jonka perään Hec-torkin itkee laulussaan Asfalttiprinssi.

Sipoon kirkossa sijaitsi äitini lapsuudenkoti. Kauniin ju-gendtalon kulmauksessa komeili torni. Rakennuksessa piti si sisällään Helsingin liikennelaitoksen työntekijöiden asuntoja. Asukkaat olivat kotoisin kaksikielisiltä alueilta ja kielitaitonsa ansiosta haluttuja työntekijöitä. Pääosa väestä oli muuttanut Sipoosta. Kansan suussa Mannerheimintie 76 oleva rakennus sai osuvan nimensä, Sipoon kirkko. Kadun toisella puolella olivat kätevästi raitiovaunuhallit. Katu jatkui lehmusten varjostamana. Varoin astumasta katulaattojen viivoille välttääkseni huonon onnen. Suuni tuotti taukoamatonta puhetulvaa sillä ainoalla kielellä, jonka osasin. Puhuin vain ruotsia. Ohitin Helsingin Meijerin maitokaupan, jossa mummo oli ollut töissä nuorena neitinä. Primulan leipomon kultainen mainosrinkeli kimalsi auringon säteiden osuessa siihen puiden oksiston lomasta ja leipomon ovesta tulvahti taivaallinen tuoreen pullan tuoksu. Pieniä kivijalkakauppoja oli peräjälkeen. Hauskaa, että joka tarvikelajille oli oma kauppansa. Kahvi-ja hedelmäkauppa, liha-, rauta- ja tupakkakauppa sekä lyhyttavaraliike. Suosikkini oli paperikauppa paperinukkeineen, kiiltokuvineen ja kirjoineen.

Saavuimme minulle rakkaimman talon eteen, Mannerheimintie 41:een. Siinä oli lapsuuteni onnellisimman jakson tyyssija ja koti. Ensimmäisen kerroksen keittokomerolla varustettu yksiö oli kolmen eri ikäisen naisen turvasatama. Asuin siellä kaksi vuotta mummoni ja äitini kanssa. Kadulla talonmies Kalle Klenberg hääri luutinen ja metallisen roskakärrynsä kanssa päivän siistimistoimissaan.

– Tytöt palaavat retkeltään. Tervetuloa kotiin! Sanoi talonmies Kalle, samalla ottaen lippalakkinsa päästään ja nyökätessään.

Tutut, rakkaat henkilöt ovat poissa. Sen myötä lapsuuskoti ja mummola elävät vain muistoina mielessäni. Minä jätin Helsingin, mutta Helsinki ei jättänyt minua. Kaupunki, joka kulkee sielussani loppuun asti.